# Les enquêtes du Samovar

## Vipère masquée

*À Marlyse B.*
*née à Saint-Pétersbourg,*
*qui m'a légué son samovar.*
*À tous mes fidèles lecteurs qui,*
*à chaque nouveau livre,*
*s'embarquent pour Port d'Amar.*

*Merci à Keren Ann*
*dont la musique m'a accompagnée*
*et qui s'est glissée (à son insu)*
*dans cette histoire.*

MARIE BERTHERAT

# Les enquêtes du Samovar

## VIPÈRE MASQUÉE

FLEURUS
Éditions Fleurus, 15/27, rue Moussorgski - 75018 Paris
www.editionsfleurus.com

## Rue des Dames, Port d'Amar

**Vendredi 21 octobre, 2 h 34**

C'était une nuit pluvieuse et sans lune. Il faisait sombre dans la ville endormie, seule la lueur jaunâtre des réverbères trouait l'obscurité. Sous les halos brillaient de fines gouttes d'eau.

À cette heure tardive, la rue des Dames était déserte à l'exception d'un passant pressé, drapé dans un imperméable dont la capuche rabattue dissimulait le visage. L'inconnu ralentit et s'arrêta face à l'immeuble situé au numéro 2. C'était une petite maison de trois étages dont les fenêtres étaient plongées dans le noir. Le passant resta quelques secondes en observation, puis déballa un pochoir et un aérosol. Après avoir vérifié que personne ne le surveillait, il apposa le pochoir sur le mur de l'immeuble et pulvérisa la peinture sur la forme découpée : un serpent à langue fourchue. Son forfait accompli, il s'éloigna aussi discrètement qu'il était arrivé.

## Lycée Jules-Verne, salle 202

**Vendredi 21 octobre, 14 h 40**

Cela faisait bien cinq minutes que Lou Kerval n'écoutait plus son professeur de français. Coudes sur la table, menton dans les mains, la mine désespérée, elle contemplait la pluie qui cognait contre les vitres de la salle. Dire que la météo ne prévoyait pas d'amélioration avant mercredi ! Les cinq premiers jours des vacances de la Toussaint étaient donc presque fichus. Parce que franchement, rester enfermée toute la journée, elle détestait. Déjà qu'elle ne partait pas...

– Lou Kerval ?

L'adolescente sursauta et tourna la tête. Les bras croisés sur la poitrine, un sourcil haussé, Marin Bellec l'observait, tel l'entomologiste étudiant la fourmi distraite qui s'est éloignée de la file de ses congénères.

– Heu... oui, monsieur !

– Es-tu encore parmi nous ? demanda le professeur.

Lou hocha la tête, l'air convaincu.

– Bien, bien, bien, murmura l'homme.

Et il s'éloigna tranquillement.

L'adolescente poussa un « ouf » de soulagement. Elle l'avait échappé belle ! Les remarques désagréables, genre « élève distraite », elle en collectionnait déjà suffisamment sur ses relevés de notes. Mais Bellec était sympathique, Lou l'aimait bien. Il était jeune, la trentaine, un peu enveloppé, avec les cheveux bouclés et un visage poupin. Et il n'avait pas l'habitude de sacquer les élèves. Elle décida de se concentrer pour l'écouter.

– Comme je vous l'expliquais, disait le professeur, la biographie est un exercice ardu. Raconter un homme ou une femme n'est pas facile, vraiment pas facile du tout. Il faut se glisser dans sa peau, chercher à capter l'essence même de sa personne…

Lou opina. C'est exactement ce qu'elle avait tenté de faire avec son chat. L'été précédent, elle avait commencé à rédiger la vie de Moby Dick. Mais à cause du stage de catamaran, elle n'avait pas terminé son histoire. La voile, elle adorait. Et puis le vent, les vagues, le goût du sel, la douceur du sable… La main de Lou s'amollit, son stylo s'alourdit ; tel un bateau emporté par le courant, son esprit dériva. La voix de Marin Bellec n'était plus qu'un ronronnement lointain.

Brusquement, une règle chuta par terre, ramenant la jeune fille à la réalité. Elle se redressa et, d'une main à nouveau ferme, nota les paroles du professeur qui déambulait dans la salle.

– Il est important de situer le héros de votre biographie dans le temps. S'il est contemporain de Louis XIV, il faudra évoquer la vie quotidienne à cette époque : quelle nourriture on mangeait, quels vêtements on portait, quel…

Lou attendit la suite, le stylo prêt à écrire, mais rien ne vint. Le nez presque collé à la vitre, Marin Bellec s'était arrêté de parler pour regarder la cour. Intriguée, Lou l'imita. Un parapluie zigzaguait entre les flaques. Il était très grand et très rose, et il disparut bientôt sous le préau.

Le professeur se retourna vers ses élèves, un sourire béat aux lèvres.

– Bien, bien, bien ! fit-il sans terminer sa phrase. Je vais vous donner un petit exercice pour les vacances.

La classe gémit. Les élèves croulaient déjà sous le travail.

– Vous allez voir, c'est amusant. Je vous demande de rédiger une courte biographie d'un écrivain contemporain. Une page maximum. Remise des copies jeudi 3 novembre. Voilà, le cours est terminé. Passez tous d'excellentes vacances. Et surtout, reposez-vous bien, bien, bien !

Cette manie qu'il avait de répéter « bien » à l'infini, soupira Lou. Qui allait-elle choisir comme auteur ? Peut-être Philip Pullman, elle aimait ses bouquins... Sauf qu'il devait avoir dans les soixante ans. Il lui fallait un auteur plus jeune, quelqu'un qui n'ait pas beaucoup vécu. Sinon elle ne s'en sortirait jamais. Seulement qui ? La documentaliste pourrait lui donner un conseil, elle avait toujours de bonnes idées et puis elle était vraiment gentille. Lou allait profiter de la pause pour passer la voir avant que la moitié de la classe ne se précipite au CDI.

## Lycée Jules-Verne, CDI

**Vendredi 21 octobre, 15 h 04**

Le temps de traverser la cour, Lou arriva trempée à la salle de documentation. Une odeur de chien mouillé flottait dans la pièce à cause des manteaux qui séchaient. L'adolescente retira sa veste dégoulinante, puis se dirigea vers Pomme Daumier, la documentaliste.

Assise à son bureau, la jeune femme lui tournait le dos. Lou se demanda pourquoi elle s'obstinait à natter ses cheveux aussi serrés.

Pomme avait une splendide chevelure auburn très épaisse. C'était du gâchis ! Le chemisier et le gilet démodés aussi, estima Lou.

La documentaliste se retourna et lui sourit.

– Tu connais Keren Ann ? lui demanda-t-elle en montrant l'écran de son ordinateur où s'affichait une photo de la chanteuse.

– J'ai un CD d'elle : *La Disparition.*

– *Être en vie n'est pas assez ni trop. Être en vie n'est jamais trop ni assez,* fredonna Pomme à mi-voix. J'adore cette chanson. Tu vas à son concert, mardi ?

Lou secoua la tête.

– J'aimerais beaucoup, mais les places sont trop chères pour moi.

– Je comprends ça, mais tu auras certainement d'autres occasions. Alors, quel bon vent t'amène ici ?

L'adolescente lui expliqua, précisant qu'elle cherchait un écrivain qui n'ait pas trop vécu.

– Oh, Lou, c'est de la pure fainéantise ! se fâcha gentiment Pomme.

– Pas du tout, c'est du réalisme. On a déjà plein de boulot.

– Bon, laisse-moi réfléchir. Arthur Wart ? Il a reçu le prix Tanodo l'année dernière, il a trente-huit ans.

– Un peu plus jeune, c'est pas possible ?

– Écoute, il faut quand même qu'il ait eu le temps d'écrire quelque chose de valable ! s'amusa Pomme. Bon, je sais qui tu vas prendre. Un auteur merveilleux et vraiment jeune, il s'appelle Oscar Kosma.

– Quel âge ?

– Vingt-trois ans ! Il vient de sortir son deuxième roman. J'ai un dossier de presse sur lui, tu pourras puiser dedans. Mais il faut absolument que tu lises ses livres, je suis sûre que tu adoreras.

– Vous les avez au CDI ?

Pomme secoua la tête.

– On ne m'a pas encore débloqué le budget pour les acheter, mais je les ai chez moi. Je te les apporterai la semaine prochaine.

– La semaine prochaine, c'est les vacances ! rappela Lou.

– Ah oui, c'est vrai. Zut !

– Si ça ne vous ennuie pas, je pourrais passer les prendre chez vous ?

– Mais oui, j'habite dans le quartier du Vieux Port, 2 rue des Dames, tu vois où c'est ?

– Oui, c'est tout près du *Samovar*, la boutique d'antiquités de mon oncle. Demain matin, ça ira ?

– Parfait, à dix heures.

– Il y a un code ? Un interphone ?

– Rien du tout, on entre comme dans un moulin. Bon, tu veux consulter les articles sur Kosma ?

– Je n'ai pas le temps, j'ai cours d'histoire dans…

Lou consulta sa montre :

– … quarante-deux secondes exactement.

– Je te ferai des photocopies, tu les prendras demain avec les bouquins. Allez, file !

Lou retraversa la cour au pas de course. Pomme était vraiment sympa et elle aurait pu être jolie si seulement elle se donnait un peu de mal. On avait l'impression qu'elle faisait exprès de s'enlaidir. Dès le lendemain, Lou essayerait de la convaincre de détacher ses cheveux, ce serait déjà ça.

## Le Samovar

**Vendredi 21 octobre, 17 h 27**

Planté au milieu de sa petite boutique d'antiquités, Constantin Pitakof lissait sa moustache avec application. C'était une belle moustache brune aux poils bien fournis, semblable à une grosse chenille. Le Russe se l'était laissé pousser en même temps que la barbe en arrivant en France. Ces attributs virils avaient alors un objectif précis : éviter qu'on le reconnaisse. Car Pitakof avait fui son pays et la police soviétique le recherchait. Au bout d'un an, s'estimant en sécurité, il avait rasé sa barbe mais avait conservé la moustache. Dans ses moments d'intense réflexion, il la caressait affectueusement.

Or justement, Constantin réfléchissait. Allait-il relire *Guerre et Paix* pour la dix-huitième fois ou *Crime et Châtiment** pour la quinzième fois ? Il possédait plusieurs exemplaires de chacun des romans, certains en russe, d'autres en français. Après avoir beaucoup hésité, il se décida pour Dostoïevski et prit une version en cyrillique** sur le rayonnage de sa bibliothèque. La couverture rouge et or reliée plein cuir avait pris la poussière depuis sa dernière sortie. Il la chassa en soufflant dessus.

– *Prestouplénié i Nakazanié****, lut-il de sa voix caverneuse.

Puis il installa sa carcasse de géant dans le fauteuil le plus confortable de sa boutique. Un bon livre, un verre de thé très noir et un siège

* *Guerre et Paix* : roman de l'écrivain russe Léon Tolstoï. *Crime et Châtiment* : roman de l'écrivain russe Dostoïevski.

** Alphabet slave. Le russe s'écrit en caractères cyrilliques.

*** *Crime et Châtiment* en russe.

bien rembourré, n'avait-il pas tout ce qu'il pouvait désirer ?

La clochette de la porte d'entrée du *Samovar* tintinnabula. Constantin leva le nez, mécontent. Il espérait que ce n'était pas un de ces horripilants touristes à la recherche d'un souvenir de Port d'Amar. Une voix claire s'éleva dans le magasin :

– Hello, c'est moi !

Le moi en question avait l'allure d'une jeune fille trempée jusqu'aux os qu'il connaissait très bien.

– Quel temps de chien ! s'exclama-t-elle en se débarrassant de son sac à dos. Regarde un peu mes bottes, j'espère qu'elles ne sont pas fichues.

Constantin examina les bottes en fausse peau de zèbre. Il n'y avait que Lou pour porter ce genre de machin.

– Tu veux du thé pour te réchauffer ?

– Juste une gorgée, dit-elle en s'emparant du verre de son oncle. Je ne reste pas, maman m'a demandé de l'aider à faire ses valises. Ils sont restés longtemps à Port d'Amar cette fois, c'était chouette.

– Tu n'es pas trop triste qu'ils partent ?

Lou haussa les épaules.

– C'est comme ça ! Depuis le temps, j'ai l'habitude de ces parents en pointillé.

Constantin sourit, amusé par l'expression de sa nièce. Musiciens sur des paquebots de croisière, Jacques et Véra Kerval naviguaient deux semaines, revenaient cinq jours à Port d'Amar, repartaient pour trois semaines, revenaient pour une semaine… et cela depuis toujours. Petite, Lou les avait accompagnés dans leurs voyages. Elle avait commencé à lire avec le chef du *Diamant Rose*, le restaurant trois étoiles du *Legend of the Seas*, et à compter avec le commandant de bord du *Fortunia*. Et c'est au cours d'une traversée de l'Atlantique, à bord du *Melody*, que sa mère lui avait appris à reconnaître les étoiles et son père à nager.

La vie flottante de Lou avait pris fin brutalement à six ans, le jour de son entrée au CP à l'école de la rue des Écailles. La fillette avait eu beaucoup de mal à s'adapter à sa nouvelle existence et encore plus de mal à supporter de rester assise des heures durant derrière une table. Elle ne s'y était d'ailleurs jamais habituée. Dix ans plus tard, Lou détestait toujours autant être cloîtrée entre les quatre murs d'une salle de classe.

– Qu'est-ce que Mme Rose nous fait de bon ce soir pour le dîner d'au revoir ? demanda-t-elle à son oncle.

– Soupe aux cornichons salés, pelmenis à la moscovite* et paska**, récita Constantin. Mais je risque d'arriver un peu tard, je dois passer au commissariat.

– Pourquoi ?

– Léonie Laroche, mon ancienne secrétaire, part à la retraite. Je suis invité à son pot d'adieu.

– Léonie Laroche dite la Sorcière ?

– Tu ne l'aimais vraiment pas !

– Elle me terrifiait avec ses doigts de sorcière crochus et peints en rouge. On aurait dit des serres ! Je suis sûre que c'est à cause d'eux qu'elle est restée vieille fille.

Constantin éclata de rire.

– Faux ! Elle a été mariée il y a une trentaine d'années. Malheureusement, son époux l'a laissée tomber quand il a appris qu'elle était enceinte.

– C'est bien ce que je disais : elle aurait dû se couper les ongles. En tout cas, pauvre gosse !

– Pourquoi pauvre gosse ?

– Parce que ça doit être horrible d'avoir une sorcière en guise de mère !

* Pâté en croûte à la viande.

** Dessert au fromage blanc.

– Tu sais, Léonie était une vraie mère poule. Je n'ai jamais vu une femme couver autant son enfant.

– Forcément, si tu compares à maman. Au fait à propos de mère, il faut que je file, la mienne m'attend. Et avant, je passe inviter Stan à dîner.

Constantin regarda sa nièce sortir de la boutique. Elle avait des ressorts sous les pieds ! Il sentit une bouffée d'affection lui gonfler la poitrine. Il avait eu bien raison de quitter la police pour se consacrer à son éducation, se dit-il en reprenant son exemplaire de *Crime et Châtiment*. Il lui restait une heure pour lire avant le pot de départ de Léonie Laroche.

## Maison des O'Connor

**Vendredi 21 octobre, 18 h 11**

Dans sa petite chambre installée sous les toits, les mains fourrageant dans son épaisse tignasse rousse, Stan O'Connor se demandait comment il allait s'en sortir. Un virus avait infesté Valparaiso, son ordinateur. Il s'était installé dans le système d'exploitation et n'arrêtait pas de se dupliquer, endommageant sur son passage les fichiers et les précieux logiciels de l'adolescent.

La seule bonne nouvelle du jour concernait la météo. Avec ce temps pourri, il n'aurait pas à expliquer à ses parents pourquoi il restait enfermé dans sa chambre. M. et Mme O'Connor avaient des idées très précises concernant l'éducation de leur fils : la nécessité de sortir prendre l'air arrivait en tête de liste, puis venait l'obligation de consacrer au moins vingt pour cent de ses journées à la pratique d'un exercice physique. Manque de chance, ils avaient mis au monde un garçon pour qui courir après un ballon, sauter des obstacles, nager... étaient les meilleures façons de perdre son temps.

– Stan !

C'était la voix de sa mère. Il ne répondit pas. Elle était capable de lui demander d'aller chercher du pain rien que pour lui faire mettre le nez dehors. Il entendit des pas dans l'escalier, mais ce n'étaient pas ceux de sa mère. Il n'y avait que Lou pour grimper les marches trois par trois.

– Salut Koh !

Stan se retourna. Il ne s'était pas trompé.

– Koh ?

– *The King Of Hackers**, traduisit Lou en agitant les bras en l'air, comme une groupie.

* Le roi des hackers (pirates informatiques).

– Tu parles ! Valparaiso a chopé un virus, je ne m'en sors pas.

– Non, pas toi, pas lui, pas vous !

– Si ! grimaça l'adolescent.

– Ne fais pas cette tête : ce soir, je t'invite. Dîner russe à la Maison Jaune !

– Je ne peux pas, il faut que je vire cette ordure.

– Il y a de la soupe aux cornichons... susurra Lou.

– Ne me dis pas ça, gémit Stan.

– ... et des pelmenis à la moscovite.

– Non !

– Et en dessert... de la paska !

– OK, je me rends. À quelle heure ?

– Huit heures et demie. Et coiffe-toi, tu as l'air de sortir d'une essoreuse à salade.

– Et toi, tu ressembles à une serpillière.

– Charmant, ce type est charmant ! Je me demande ce que je fais avec lui depuis dix ans.

– C'est simple, tu m'aimes ! Allez, oust, débarrasse le plancher, j'ai du boulot !

## Commissariat de Port d'Amar

**Vendredi 21 octobre, 19 h 21**

Léonie Laroche contempla ses ongles : dix petits miroirs rouge sang magnifiques.

– Une coupe de champagne, madame Laroche ? lui proposa le brigadier Francis Morel.

Elle secoua la tête, l'air véhément :

– Non merci, jamais d'alcool.

« Jamais d'alcool, jamais d'alcool, jamais d'alcool » répéta Léonie dans sa tête, comme un écho de sa propre voix.

– Un jus d'orange ? suggéra le jeune policier.

– Si vous voulez, soupira Léonie.

Elle avait hâte de s'en aller. Tout ce monde qui lui tournait autour, elle n'aimait pas ça. Même Constantin Pitakof, qu'elle appréciait pourtant, l'oppressait. Il était si grand, si fort, d'un seul coup de patte, il aurait pu la réduire en miettes. Mais qu'est-ce qui lui prenait de penser une chose pareille ?

– Alors, qu'allez-vous faire de votre retraite ? s'enquit gentiment Francis Morel, plié en deux pour être à sa hauteur.

Elle n'était pas si petite, mais lui était immense, un corps tout en longueur.

– Oh ! Je verrai bien, répondit-elle, évasive.

C'était faux. Léonie Laroche s'était déjà fait tout un programme, mais cela ne regardait personne. Pour commencer, elle partirait deux semaines en Égypte avec son grand fils. Ils fêteraient Noël sur le Nil. Elle ne lui en avait pas encore parlé, c'était une surprise.

Paul Leduc s'avança vers elle. Léonie nota son costume gris et sa cravate à pois. Le lieutenant s'était changé pour l'occasion. Les manches de sa veste avaient presque la bonne taille, enfin pas tout à fait : il leur manquait un bon centimètre. Quelle idée d'avoir les bras aussi longs ! Savait-il que ses collègues le surnommaient le Gibbon* ? Elle aussi, mais seulement dans sa tête.

– Vous allez nous manquer ! nasilla Leduc.

Mensonge ! pensa la femme sans sourire. Il avait déjà confié son poste de secrétaire à la nièce de sa femme.

Le brigadier Yannick Couturier, petit mais tout en muscles, s'approcha de Léonie. L'air emprunté, il lui tendit un paquet enrubanné :

– De la part de tous les collègues, annonça-t-il.

* Singe d'Asie aux bras très longs.

Un peu raide, Léonie le prit ne sachant quoi en faire.

– Ouvrez-le donc ! grommela Constantin, roulant les « r » comme à son habitude.

Elle obtempéra. L'emballage doré enveloppait un foulard en soie vieux rose. Décidément, ils la connaissaient bien mal ! Elle détestait le rose. Trente ans de maison et personne ne sait qui vous êtes !

– Merci ! fit-elle un peu sèchement.

Constantin comprenait pourquoi Lou avait eu peur d'elle. Cette femme avait quelque chose de dur. Mais il n'avait jamais eu meilleure secrétaire. Jamais une faute de frappe ou d'orthographe, jamais un thé froid ou lavasse, jamais une seule minute de retard. Et surtout, c'était la reine des archives. Elle gardait tout, classait tout. L'employée modèle ! Il la salua, lui souhaita une heureuse retraite et prit congé. On l'attendait pour dîner.

## Maison Jaune

**Vendredi 21 octobre, 22 h 35**

Dehors il pleuvait, mais dans la Maison Jaune, on était bien. La table débarrassée, on passa au salon. Mme Rose tira les rideaux, Lou fit un feu dans la cheminée, Stan alluma des bougies dans des photophores. Leurs petites flammes se mirent à danser sur les murs.

Véra qui, pour l'occasion, avait revêtu une grande robe de velours noir et or à manches bouffantes s'installa au piano et attaqua avec entrain *Les Yeux noirs*. Tout le monde l'accompagna en chantant en russe, même Stan qui ne parlait pas un mot de la langue de Tolstoï. Le son de l'instrument était merveilleux. C'était un splendide Petrof, quart de queue, qui n'était pas noir ou acajou, mais jaune. Une rareté. L'instrument était déjà là quand les parents de Lou avaient emménagé dix-sept ans auparavant.

Tout était alors jaune soleil dans la maison : le crépi, les murs, les tapis, les tentures, les rideaux, les meubles, jusqu'aux assiettes et aux draps. Ambroise Kerval, le grand-oncle de Jacques qui l'avait fait construire au début du XXe siècle, était amoureux fou de cette couleur. À sa mort, le père de Lou avait hérité de la maison.

Au début de leur installation, en souvenir d'Ambroise et par économie, Jacques et Véra avaient conservé la maison dans son coloris. Mais avec le temps, certaines pièces avaient été repeintes, et pas toujours en jaune. C'était le cas du salon, récemment retapissé dans un délicat vert céladon.

Véra joua encore *Les Bateliers de la Volga,* puis quitta le piano pour rejoindre Jacques sur le canapé où elle se lova sous un plaid. Le père de Lou enlaça tendrement son épouse. Dix-sept années de mariage n'avaient pas altéré son amour pour sa jolie Russe. Pourtant, tout les opposait : autant Jacques avait un tempérament calme et posé, autant Véra était fantasque et bohème.

Lou et Stan entamèrent une partie d'échecs devant la cheminée. Mme Rose proposa un rami à Constantin. La soirée promettait de s'écouler paisiblement quand le carillon de l'entrée sonna. Constantin, qui était le plus près de la porte, se leva.

– Désolé de vous déranger, fit le long jeune homme qui attendait sur le perron.

– Francis ! Qu'est-ce que vous faites ici ?

Le brigadier essuya la pluie qui dégoulinait sur son front.

– C'est à cause de ce qui s'est passé à Paris et à Lyon. Leduc dit que j'ai trop d'imagination, mais moi je ne crois pas, c'est pour ça que je suis venu vous voir, j'ai peur que le meurtrier soit ici, à Port d'Amar, lança-t-il d'une traite.

Constantin le regarda, l'air perplexe.

– Je vais vous préparer une tasse de thé bien chaud et pendant ce temps, vous me raconterez tout en commençant par le commencement.

– Je préférerais du café, si ça ne vous dérange pas.

– Très mauvaise idée. À cette heure-ci, vous n'arriverez jamais à dormir.

– Justement, je n'ai pas l'intention de me coucher.

– C'est grave à ce point-là ?

Francis hocha la tête et suivit Constantin dans la cuisine de la Maison Jaune.

## Maison Jaune

**Samedi 22 octobre, 5 h 40**

Couché en travers de son lit, Constantin grogna et se retourna dans son sommeil. Dans son rêve, un serpent rouge se tortillait à ses pieds. Le reptile avait l'air particulièrement agressif et le Russe n'osait pas bouger. Soudain, le serpent s'élança, lui bondit à la figure et planta ses crochets dans sa joue.

Ce n'était pas réellement douloureux, mais suffisamment fort pour que Constantin se réveille. Il se passa la main sur la pommette et s'aperçut qu'elle était humide et un peu collante. C'est alors qu'il vit Moby Dick. Assis sur l'oreiller, le félin le fixait tranquillement de son œil jaune.

– Qu'est-ce que tu fabriques ici ?

D'habitude, le chat dormait dans la chambre de Lou. Moby Dick lécha la joue du Russe qui reconnut la sensation de son rêve. Ce n'était pas les crochets d'un serpent mais la langue râpeuse du chat qu'il avait sentie tout à l'heure. Moby Dick avait dû le voir s'agiter dans son sommeil et l'avait léché pour l'apaiser. Les chats faisaient parfois cela.

L'ancien policier pensa à la visite de Francis Morel. Il espérait sincèrement que le jeune brigadier se trompait. À l'étage du dessous, il y eut du bruit. Il reconnut la voix de son beau-frère puis celle de sa sœur. Jacques et Véra étaient réveillés eux aussi. Le Russe consulta la petite horloge posée sur la table de nuit. Il était encore très tôt, mais *L'Intrépide* larguait les amarres à sept heures. Constantin décida de se lever pour les accompagner au port. De toute façon, il ne pourrait jamais se rendormir.

## Maison Jaune

**Samedi 22 octobre, 8 h 58**

Lou descendit l'escalier à moitié endormie et poussa la porte de la cuisine.

– Saaaluuut ! fit-elle en bâillant.

Elle portait encore son pyjama et ses yeux noisette étaient gonflés de sommeil.

– Papa et maman sont partis sans problème ?

– Oui, et ils t'embrassent. Tu veux que je te prépare des tartines ?

Lou jeta à son oncle un coup d'œil soupçonneux.

– Tu vas bien ?

– Évidemment ! grommela Constantin. Pourquoi je n'irais pas bien ?

– Parce que la dernière fois que tu m'as tartiné du pain, je devais avoir cinq ans et que, comme je suis Sherlock Holmes à mes heures perdues, je me dis qu'il y a peut-être un truc qui cloche chez toi. J'ai tort ?

– Beurre et marmelade d'oranges ?

Lou hocha la tête.

– Alors, qu'est-ce qui te turlupine ?

– Francis Morel m'a parlé de quelque chose d'étrange hier soir, se décida Constantin en étalant le beurre sur la tranche de pain.

– Quoi ?

– Tu te rappelles ces deux femmes assassinées récemment, l'une à Paris, l'autre à Lyon ? Il y a eu des articles dans le *Fil d'Amar.*

Lou essaya de se souvenir.

– Vaguement. Pourquoi ?

– La presse ne l'a pas divulgué, mais ces deux meurtres ont certainement été commis par la même personne. C'est Francis qui l'a appris par l'un de ses amis qui travaille au Quai des Orfèvres*.

– Et alors ? s'impatienta Lou.

– Francis croit que le meurtrier va remettre ça ici, à Port d'Amar, pas plus tard qu'aujourd'hui.

Lou prit la tartine des mains de son oncle et mordit dedans.

– Pourquoi croit-il ça ?

– À cause des serpents, commença son oncle.

– Attends une minute, le coupa Lou. Je vais chercher mon carnet dans ma chambre. Si c'est du sérieux, il faut que je note.

L'adolescente s'élança dans l'escalier. Sa réserve de blocs-notes était dans le tiroir de son bureau. Elle s'empara du premier de la pile, prit un crayon au hasard dans sa trousse et dévala les marches en sens inverse.

* Siège des bureaux de la PJ (police judiciaire) à Paris.

– Voilà, je t'écoute, dit-elle en ouvrant son calepin.

– Je vais d'abord te parler de ces deux femmes qui ont été tuées, reprit Constantin.

Lou hocha la tête et écrivit ce que son oncle lui raconta avec un étonnement grandissant :

*Nom des victimes : Éliane Bombard, 35 ans, assassinée à Paris le 2 octobre.*
*Véronique Lequenoy, 43 ans, assassinée à Lyon le 12 octobre.*
*Arme des crimes : Injection de venin de serpent.*
*Signe particulier : L'assassin a dessiné un serpent sur l'épaule des victimes.*
*Lieu : Les appartements des victimes.*
*Pas de trace d'effraction sur les portes.*
*Mobile : Inconnu à ce jour. On n'a ni volé ni agressé les femmes (à part l'injection mortelle).*
*Hypothèses : folie ? vengeance ?*

– Pourquoi Francis pense-t-il que le tueur rôde à Port d'Amar ? s'enquit Lou.

– J'y viens. La police a repéré sur les murs de Lyon et de Paris des dessins à la peinture rouge représentant des serpents ! Une dizaine dans chaque ville. D'après l'enquête, ces tags seraient apparus la veille ou l'avant-veille des meurtres.

– Si je comprends bien, le gars annonce ses meurtres en dessinant des serpents sur les murs, c'est ça ?

– Exactement ! Et hier, Francis a vu trois de ces serpents rouges à Port d'Amar.

– Non ! s'exclama Lou. À Port d'Amar ?

– Oui !

– Qu'est-ce qu'on va faire ?

– Pas grand-chose, hélas. On ne peut pas ameuter les habitants en leur annonçant qu'un tueur armé d'une seringue pleine de venin rôde peut-être en ville. D'ailleurs, les gens ne le croiraient pas. Et puis comment les prévenir tous ?

– En voiture, avec un mégaphone comme pour le cirque, suggéra Lou en s'emparant d'un citron dans le compotier.

– Francis était prêt à le faire. Je l'en ai dissuadé, on l'aurait pris pour un fou. Il est parti d'ici avec un plein thermos de thé et la ferme intention de passer la nuit à effectuer des rondes.

D'un coup sec, Lou trancha le citron en deux, puis mordit à pleines dents dans l'une des moitiés.

– On ne va quand même pas attendre les bras croisés qu'une femme se fasse assassiner ? reprit l'adolescente.

Mme Rose entra dans la cuisine. Elle retira le foulard en plastique transparent qui protégeait ses cheveux de la pluie et déposa ses paniers chargés de victuailles sur la table.

– Qu'est-ce que j'entends ? Une femme va se faire assassiner ?

– Tu as vu des serpents sur les murs ? demanda Lou.

– Des serpents ? répéta la gouvernante sans comprendre.

Lou lui raconta ce que Francis avait dit à Constantin.

– Et vous croyez vraiment que le criminel rôde à Port d'Amar ? fit Mme Rose, visiblement peu convaincue, en commençant à ranger les yaourts dans le réfrigérateur.

– Ben… hésita Lou.

– C'est juste un canular !

– Mais puisque la presse n'a pas parlé des tags ! insista Lou.

L'assurance tranquille de la gouvernante l'ébranlait pourtant.

– Qu'est-ce qu'il irait fabriquer à Port d'Amar, votre tueur ? Vingt mille habitants, ce n'est pas Lyon ou Paris. Non, pour moi, c'est une mauvaise blague.

Le lait, les œufs, le fromage s'empilaient dans le réfrigérateur.

– Oh zut ! J'ai oublié le beurre pour la tarte aux poireaux. Qui veut aller m'en chercher ?

– Pas moi, je suis en pyjama, se défila Lou.

– Tu n'as qu'à monter t'habiller.

– En fait, j'ai rendez-vous. La documentaliste du lycée va me prêter des livres pour un travail à faire, je dois passer les prendre chez elle.

– Si c'est pour le lycée… Alors vous, Constantin ?

Le Russe grogna dans sa moustache, il détestait faire les courses.

– Bon, alors pas de tarte pour le déjeuner.

La menace porta. Il annonça qu'il irait.

## Quartier du Vieux Port

**Samedi 22 octobre, 9 h 49**

Lou marchait vite en pensant à cette histoire de serpents venimeux. Il pleuvait toujours, mais elle avait troqué ses bottes en peau de zèbre contre d'autres en plastique rose et vert pomme, et avait enfilé un ciré de marin jaune.

Le Vieux Port était un quartier très différent de celui où elle habitait. Les rues étaient étroites et les maisons, pour la plupart très anciennes, dépourvues de jardin.

Une ambulance qui roulait vite la dépassa en lui éclaboussant les jambes. Machinalement, Lou enregistra les trois lettres de sa plaque d'immatriculation – APC –, et composa une phrase à partir de ces initiales : Appareil Pour Chauve, Apprendre Par Cœur... Elle rit toute seule de ce jeu un peu bête qui l'amusait depuis qu'elle était petite. Elle tourna ensuite à l'angle du passage de l'Ermite, et arriva rue des Dames où habitait Pomme Daumier.

Il y avait un attroupement dans la rue et une ambulance arrêtée au milieu de la chaussée. Sur sa plaque, les trois lettres APC. Deux hommes en blanc sortirent une civière.

Le cœur de Lou s'accéléra. Elle chercha du regard le numéro de l'immeuble : c'était la maison de Pomme !

## Commissariat de Port d'Amar

**Samedi 22 octobre, 12 h 30**

Affalé sur sa chaise, Francis Morel n'avait pas le moral. Il était épuisé, accablé et pas rasé. Avoir su sans avoir rien pu faire ! Si seulement il avait réussi à rameuter ses collègues. Avec une armée de policiers dans les rues de Port d'Amar, l'assassin n'aurait sans doute pas osé se montrer.

Une voix nasillarde s'éleva dans son dos.

– Morel, je vous cherchais !

« Voilà le Gibbon ! » pensa Francis, et il se redressa sur sa chaise. Le lieutenant était la dernière personne qu'il avait envie de voir.

– Quelle tête, mon vieux ! Si c'est à cause de cette jeune femme, va falloir vous endurcir. Comment s'appelle-t-elle déjà ?

Le brigadier serra les poings :

– Pomme Daumier… et on aurait pu la sauver !

– Ne racontez pas n'importe quoi, nous ne sommes pas des anges gardiens ! D'ailleurs, attendez un peu les résultats de l'autopsie avant de monter sur vos grands chevaux. Qui vous dit que cette fille a été tuée par un serpent ? Ce n'est pas parce qu'elle avait la marque d'une piqûre sur le bras qu'elle a forcément reçu une injection de venin.

– Un œdème pareil ! rétorqua Francis. Même le médecin du Samu a pensé à une réaction à une piqûre animale. Et puis le serpent sur l'épaule, hein, qu'est-ce que vous en faites du serpent dessiné sur son épaule ?

– Oh vous savez, avec la mode des tatouages, on doit s'attendre à tout ! Cette fille a très bien pu se faire ça toute seule.

Francis Morel était un homme pacifique, mais il eut très envie d'étrangler son chef.

– Bon, en tout cas si vous avez besoin de moi, vous avez mon numéro de portable.

– Vous partez ? s'étrangla le brigadier.

– Bien sûr ! Vous oubliez quel jour nous sommes ?

– …

– Samedi ! Je joue au golf. Qu'il pleuve ou qu'il vente, le green m'attend. De toute façon, vous êtes un grand garçon, vous vous débrouillerez très bien tout seul, n'est-ce pas mon vieux ?

« En tout cas, mieux qu'avec un type comme vous dans les pattes » pensa Francis. D'ailleurs, il savait à qui il allait demander un coup de pouce et pas plus tard que tout de suite. Pitakof avait peut-être décroché de la police, mais il gardait la main, et elle était toujours la meilleure de la région. Et puis par un curieux hasard, sa nièce Lou connaissait la victime. Morel venait de l'apprendre par Yannick Couturier. L'adolescente pourrait sans doute lui apprendre des choses sur Pomme Daumier.

## Le Samovar
**Samedi 22 octobre, 13 h 03**

– Tiens, bois ça ! ordonna Constantin.

Lou prit le verre cerclé d'or des mains de son oncle, trempa ses lèvres et avala une gorgée de thé. Il était chaud et très sucré, exactement ce qu'il lui fallait. Parce que ça n'allait pas fort. La mort de Pomme lui avait assené un grand coup de poing dans la poitrine. Le genre d'uppercut qui vous empêche de respirer pendant plusieurs minutes. Elle l'avait reçu depuis plus de deux heures, mais elle vacillait encore.

Lou se souviendrait longtemps de cette affreuse matinée où l'inquiétude s'était transformée en angoisse, puis en terrible choc. Au début, elle n'avait pas pu apprendre ce qui se passait dans la maison de Pomme. Le policier qui montait la garde devant le numéro 2 de la rue des Dames avait refusé de la laisser entrer et de répondre à ses questions. Il répétait : « Circulez, y'a rien à voir ! »

Mais Lou ne voulait pas circuler, elle voulait savoir. Elle avait donc attendu dehors… et avait découvert le tag de serpent sur la façade. Ça lui avait fait l'effet d'une décharge électrique. Paniquée, elle avait essayé de le montrer au policier en faction devant la porte, mais impossible de le faire bouger de sa place. L'adolescente s'était sentie folle d'impuissance. Si seulement Francis avait été là ! Il l'aurait écoutée, lui. Peut-être était-il dans la maison, mais elle ne pouvait pas entrer. Et elle n'avait pas de téléphone portable pour prévenir son oncle, c'était rageant !

Finalement, les ambulanciers étaient redescendus, et cette fois il y avait quelqu'un sur la civière, entièrement recouvert d'une couverture. Le cœur de Lou avait fait un bond dans sa poitrine, et elle s'était précipitée vers les hommes en blanc pour leur demander qui ils transportaient. Une fois de plus, on l'avait ignorée. Lou avait vraiment eu l'impression d'être totalement transparente. Dépitée, elle s'était mise à crier : « Est-ce que c'est Pomme Daumier ? » Et enfin, elle entendit :

– Oui, Lou, c'est Pomme Daumier !

Phase finale de l'uppercut… Ce n'étaient pas les ambulanciers qui lui avaient répondu, mais un homme à la silhouette râblée qui venait de sortir de la maison. Lou avait immédiatement reconnu le brigadier Yannick Couturier. Le policier lui avait gentiment demandé ce qu'elle faisait là et si elle connaissait Pomme. Elle lui avait expliqué. Il avait compati et proposé de la déposer au

*Samovar* puisque c'était sur son chemin. Elle avait accepté, elle était si bouleversée qu'elle était incapable de mettre un pied devant l'autre.

À présent, l'adolescente allait un peu mieux. Parler à son oncle, s'asseoir et boire du thé brûlant l'avaient légèrement requinquée. Elle reposait son verre vide sur le guéridon quand Francis Morel poussa la porte de la boutique. Lou et Constantin remarquèrent tout de suite combien il était fatigué et accablé.

– Bonjour, fit-il d'une voix lasse. Je sais que vous êtes déjà au courant. Yannick m'a dit qu'il t'avait vue devant la maison de Pomme Daumier, poursuivit-il en se tournant vers Lou. Alors, comme ça, c'était ta documentaliste. J'imagine quel choc ce doit être pour toi...

– Asseyez-vous, l'invita Constantin. Vous semblez éreinté.

– Je n'ai pas franchement dormi cette nuit, en effet. Malheureusement ça n'a servi à rien, soupira le policier en se laissant tomber dans le premier fauteuil venu.

Lou lui proposa une tasse de thé.

– Pourquoi pas ? Je commence à m'y faire à votre breuvage russe.

Tandis qu'elle versait le liquide chaud dans un verre, l'adolescente interrogea :

– Vous croyez que c'est votre tueur en série qui l'a assassinée ?

Le policier hocha la tête :

– Ça m'en a tout l'air.

– Vous pouvez nous faire un résumé de la situation ? demanda Constantin. J'aimerais avoir les détails.

– Bien sûr.

– Ça ne vous ennuie pas si je prends des notes ? s'enquit Lou.

– Ah oui, ton fameux petit carnet noir ! Vas-y, ça ne me dérange pas.

Lou sortit son calepin de sa poche et y griffonna tout ce que Morel leur raconta. Elle écrivait vite, de son écriture en pattes de mouche que les professeurs avaient tant de mal à déchiffrer. Mais c'était juste pour elle, pour avoir les idées claires.

*22 octobre. Assassinat de Pomme Daumier, documentaliste à Jules Verne (= affaire du tueur en série ?)*
*Découverte du corps : Pomme et Amélie Taupin, la voisine du rez-de-chaussée, avaient l'habitude de se retrouver tous les samedis matin à 9 h pour un café et un gâteau dans l'appartement d'AT. Ce matin, à 9 h 10, Pomme n'était pas là. AT est montée et a sonné à sa porte, personne*

*n'a répondu. Amélie s'est inquiétée car Pomme était toujours à l'heure. Elle a attendu encore un peu, puis elle est allée chercher les clefs de l'appart de Pomme dont elle a un jeu. Elle a trouvé Pomme étendue par terre, immobile, la moitié du corps gonflée. Affolée, elle a appelé le Samu.*

*<u>Constat du médecin du Samu</u> : La victime était morte à son arrivée à 9 h 55 et l'était même depuis plusieurs heures (environ 8 ou 9) car le corps était froid et raide.*

*Description du cadavre : couché par terre dans le salon, énorme œdème du bras, de l'épaule gauche et d'une partie du tronc. Trace de piqûre sur le bras gauche au niveau d'une veine de l'avant-bras. Marque sur l'épaule gauche : dessin au feutre rouge d'un serpent dressé, langue sortie, prêt à mordre.*

*Hypothèse du toubib : piqûre de frelon ou morsure de serpent, à cause de la très forte réaction inflammatoire. Mais pas de trace de morsure. Seulement une piqûre.*

*<u>Pistes</u> : Jeune homme blond portant des lunettes aperçu par AT vers 21 h par la fenêtre de son salon. Il entrait dans l'immeuble. Comme il n'allait pas chez elle, il se rendait forcément chez Pomme (le locataire du 1er étage est absent). AT n'a pas vu le visiteur ressortir, mais ne le*

*surveillait pas. Elle regardait la TV. Selon moi, piste médiocre. Si assassin, pourquoi s'est-il laissé voir si facilement ?*
*Grâce à la description d'AT, la police va faire le portrait-robot du visiteur.*
*Question : Le meurtrier de Pomme est-il celui d'Éliane Bombard et Véronique Lequenoy ?*
*EB et VL ont reçu une injection de venin d'un serpent d'Afrique du Sud, dont le nom scientifique est Dispholidus typus (mortelle pour l'homme). On attend l'autopsie de Grodeck pour identifier le venin.*

Lou s'arrêta d'écrire. Elle avait mal à la main et au cœur. À travers ses notes lui apparaissait l'image de Pomme, étendue dans son salon, le corps gonflé…

– J'ai déjà enquêté sur un tueur en série il y a une vingtaine d'années, grommela Constantin. Un véritable monstre !

– Les serial killers sont des criminels à part, opina Francis. Ils ne tuent pas pour les raisons habituelles, l'argent, la jalousie, l'intérêt. Leurs mobiles sont beaucoup plus tordus. D'une certaine manière, ils tuent pour tuer, peu leur importe qui.

– Vous voulez dire qu'ils choisissent leurs victimes au hasard ? questionna Lou, étonnée.

– Parfois oui. Ils assassinent les personnes qui leur tombent sous la main, mais parfois ils les sélectionnent selon des critères qui peuvent nous sembler bizarres, mais qui sont logiques à leurs yeux.

Lou fit la moue. Elle se demandait selon quel critère absurde l'assassin de Pomme l'avait choisie. Parce que ses cheveux avaient la couleur de l'acajou ? Parce qu'elle était documentaliste ? Parce qu'elle portait des gilets de grand-mère ? Parce qu'elle s'appelait Pomme et qu'il détestait les pommes ?

– Comment coincer un meurtrier dont le mobile nous échappe ? interrogea-t-elle.

– Voilà toute la question ! s'exclama son oncle. Il est vrai que c'est souvent en trouvant le mobile qu'on remonte au criminel. Dans le cas des serial killers, il faut procéder autrement.

– C'est-à-dire ?

– Eh bien, dans quatre-vingt-dix pour cent des cas, ils sont déjà connus des services de gendarmerie, de la police ou de la justice pour des faits de délinquance plus ordinaires, expliqua Constantin. Ils ont été arrêtés pour avoir mis le feu quelque part, volé quelque chose, cambriolé un appartement, agressé quelqu'un… C'est pour ça que le témoignage de la voisine, Amélie Taupin, est très important.

Francis Morel approuva :

– Nous allons effectivement comparer le portrait-robot du jeune homme blond qu'elle a aperçu avec les photos des délinquants de nos fichiers. Bien sûr, il n'est pas du tout certain que cet individu soit le meurtrier mais, au cas où, nous pourrions l'identifier et tenter de le retrouver, même s'il se cache sous une autre identité.

– De toute manière il faut agir vite, parce que par définition les tueurs en série ne savent pas s'arrêter. Celui-là a semble-t-il déjà assassiné trois femmes, il n'y a pas de raison pour qu'il s'interrompe en si bon chemin.

– Je sais, soupira Francis. C'est pourquoi j'aimerais beaucoup que vous m'aidiez, monsieur Pitakof.

Constantin émit un grognement. Il s'attendait à ce que le jeune brigadier le sollicite. Ce ne serait pas la première fois qu'il donnerait un coup de main à la police, ou plus exactement que Lou, Stan et lui-même collaboreraient à une enquête policière. Sauf que cette fois, le meurtrier était un tueur en série et qu'il était donc capable de remettre ça à tout moment. Et le Russe n'avait pas vraiment envie d'entraîner sa nièce et son meilleur ami dans une affaire aussi dangereuse. D'un autre côté, s'il ne faisait rien, l'assassin risquait fort de recommencer un jour ou l'autre…

Constantin en était là de ses réflexions lorsque Lou, le doigt posé sur son carnet ouvert, s'exclama :

– Vous avez remarqué qu'il y a le même écart de temps entre chaque crime ? Le premier a eu lieu le 2 octobre, le second le 12 octobre, et aujourd'hui on est le 22. Dix jours entre chacun ! Le quatrième devrait donc avoir lieu le 1er novembre, puisqu'il y a trente et un jours en octobre.

– *Gosspedi** ! lâcha le Russe.

Lou avait raisonné plus vite que lui.

– Effectivement, approuva Francis qui avait fait le même calcul que l'adolescente, mais qui n'en était pas moins impressionné par ses déductions.

– On n'a pas de temps à perdre, décida Lou. Bien sûr qu'on va vous aider, pas vrai Constantin ?

Et sans attendre la réponse de son oncle, elle enchaîna :

– Je vais vous dire ce que je sais sur Pomme Daumier, mais évidemment c'est juste le côté

* « Scrogneugneu » en russe.

professionnel, parce que je ne l'ai jamais vue en dehors du lycée.

– C'est déjà ça. Je t'écoute ! fit Francis.

– Elle est arrivée au lycée en janvier de l'année dernière. Au début, elle était très timide. Moi, je la trouvais un peu ringarde avec ses gilets de grand-mère, et je crois que je n'étais pas la seule à le penser. Mais je me suis rendu compte qu'elle était vraiment sympa et surtout qu'elle connaissait plein de choses. Elle était une grande pro des bouquins. Tout le monde a fini par s'en rendre compte, enfin je parle de ceux qui fréquentent régulièrement le CDI ! Disons, dix ou vingt pour cent des élèves. Il y en avait quelques-uns qui se moquaient encore de ses fringues, mais dans l'ensemble, elle était franchement appréciée.

– Et avec les profs, le proviseur ? Tu sais comment elle s'entendait avec eux ? interrogea le policier.

Lou essaya de se rappeler Pomme discutant avec l'un ou l'autre de ses collègues. Mais elle n'avait pas accès à la salle des profs où ils se réunissaient.

– Je ne sais pas trop.

– Aurais-tu vu quelqu'un l'attendre à la sortie du lycée ?

Lou réfléchit à nouveau, puis secoua la tête.

– En fait, je n'avais pas forcément les mêmes horaires qu'elle. Il faudrait enquêter au lycée, mais on est en vacances maintenant.

– Les professeurs ne sont peut-être pas tous partis, le proviseur non plus, remarqua Constantin.

– Quel genre de femme était-ce ? poursuivit Francis.

– Je vous l'ai dit, un peu ringarde. Elle s'habillait avec des trucs complètement démodés et se coiffait comme une vieille dame. Pourtant, elle était jolie. Elle avait de magnifiques cheveux. Seulement, elle faisait tout pour les cacher.

– Pas le genre Monica Belluci, si je comprends bien, résuma Francis.

– Pas franchement !

– Par conséquent, tu la vois mal se laisser aborder par un inconnu et l'emmener chez elle ?

– Ça c'est sûr ! À quoi pensez-vous ?

– Sa porte d'entrée n'a pas été fracturée, elle a donc ouvert elle-même à son assassin. Si elle lui a ouvert, c'est sans doute qu'elle le connaissait et qu'elle avait suffisamment confiance en lui pour accepter qu'il entre au milieu de la nuit.

Lou acquiesça, puis enchaîna :

– En conclusion, soit le meurtrier a choisi Pomme comme victime et il s'est ensuite débrouillé pour faire sa connaissance. Soit il l'avait déjà rencontrée et il a décidé de la tuer parce qu'elle lui convenait comme victime.

– Bien réfléchi, approuva Constantin. Dans les deux cas, il faut dresser la liste des amis proches ou lointains de Pomme. Y compris ceux qu'elle a pu fréquenter avant d'arriver à Port d'Amar.

– On pourrait demander à ses parents, proposa Lou.

– Yannick Couturier est déjà sur le coup, annonça Francis. Apparemment, ils sont en voyage.

– Et les mails ! s'écria Lou. Pomme était très branchée informatique. Elle passait son temps à surfer sur le net pour avoir des infos sur les bouquins. Il faut absolument regarder ses mails.

– Peut-être, mais on n'a pas trouvé d'ordinateur chez elle, déclara Morel. Des kilomètres de livres, mais pas de PC.

– C'est pour ça qu'elle utilisait toujours celui du CDI !

– Il faut donc éplucher l'ordinateur du lycée, conclut Constantin avant de s'exclamer en frappant dans ses mains : Bon, avec tout ça, on n'a toujours pas déjeuné ! Je suis sûr que vous mourez de faim.

– Heu… moi oui, reconnut Francis.

– Moi pas trop, marmonna Lou.

– Allez, l'appétit vient en mangeant. Mme Rose doit nous attendre avec un bon repas bien chaud. Francis, vous nous accompagnez ?

Le jeune policier ne se fit pas prier. Il n'avait rien avalé à part un litre de thé et deux croissants depuis plus de vingt heures, ni d'ailleurs dormi depuis trente-deux, et il commençait à voir tout tourner.

## Maison des O'Connor

**Samedi 22 octobre, 15 h 27**

Juste après le déjeuner à la Maison Jaune, Lou enfila une veste, entortilla une longue écharpe violette et orange autour du cou, enfonça une casquette sur sa tête, car il pleuvait encore, et courut jusque chez son ami Stan à qui elle avait besoin de tout raconter.

Sandra O'Connor lui ouvrit la porte. Brune aux grands yeux marron, elle ne ressemblait pas du tout à son fils qui tenait sa chevelure rousse, ses taches de rousseur et ses yeux verts de son père irlandais, Jack O'Connor.

– Bonjour Lou. Monte, il est là-haut. Si tu pouvais d'ailleurs essayer de lui faire mettre le nez dehors…

– Comptez sur moi ! J'ai une petite enquête à lui confier.

La mère de Stan esquissa un sourire plein d'espoir.

– Bonne idée ! s'écria-t-elle.

« Si elle savait dans quel genre d'enquête je vais entraîner son fils, elle serait peut-être moins contente » pensa Lou en gravissant l'escalier qui conduisait à la chambre de Stan.

Elle trouva son ami dans sa posture habituelle : assis à son bureau en train de pianoter à toute vitesse sur le clavier de son ordinateur.

– Salut Koh !

– Koh ? Tu pourrais pas trouver autre chose ? marmonna Stan en continuant à tapoter sur les touches.

– Stanou ?

– Bof !

Lou s'approcha de son ami et lui susurra à l'oreille :

– Stany ?

Le garçon abandonna son clavier et fit pivoter sa chaise à roulettes pour se placer face à Lou. Il tira alors sur l'extrémité de son écharpe géante et l'attira jusqu'à lui.

– Pourquoi pas Stan tout court ? suggéra-t-il avec un sourire volontairement niais en plaquant un baiser sur sa joue.

– Aïe, tu m'étrangles ! s'écria Lou. C'est fou ce que tu es conservateur comme type ! Ça fait dix ans que je t'appelle Stan, tu pourrais accepter de changer de nom de temps en temps ! Et laisse donc cette écharpe, je dois te parler d'une chose très grave qui est arrivée ce matin.

– Vas-y ! concéda Stan en relâchant son amie.

– Pomme Daumier a été assassinée.

Stan la fixa, abasourdi :

– Quoi ? Pomme ? Pomme Daumier ? La documentaliste du lycée ?

– Mais oui, y'en a pas d'autre.

– Je ne te crois pas, c'est une mauvaise blague.

– Malheureusement, non. Je n'en ai peut-être pas l'air, mais je suis sous le choc. Je l'aimais vraiment bien.

Stan se mit aussitôt au diapason. Il connaissait Lou depuis trop longtemps pour douter de sa sincérité.

– Je sais, fit-il avec douceur, tu me l'avais dit. Moi, je ne l'ai jamais beaucoup vue. Comment c'est arrivé ?

– C'est un drôle de truc. On pense qu'elle a été victime d'un tueur en série.

– Un serial killer ? À Port d'Amar ? s'étonna le garçon.

– Attends, je vais te donner des détails, continua Lou en sortant son carnet noir de la poche de sa veste.

Stan se cala sur sa chaise et l'écouta avec attention.

– Si je comprends bien, on a dix jours pour trouver le gars qui a fait ça, conclut-il à la fin.

– Le gars ou la femme.

– Ou la femme, oui. Sauf que les tueuses en série sont plus rares.

– Peut-être, mais ça peut arriver quand même. Qu'est-ce qu'on doit faire à ton avis ?

– Enquêter sur Pomme. Chercher qui elle fréquentait, quand, où... Mais je suppose que la police va s'en charger. Qui s'occupe de l'affaire ? Francis Morel ?

– Oui, avec Yannick Couturier. Ils sont efficaces tous les deux, mille fois plus que ce cher Leduc...

– Ah, Leduc ! Il est encore là celui-là ? s'écria Stan.

– Indéboulonnable ! En tout cas, Francis n'est pas contre un peu d'aide. Il a dit à Constantin qu'il nous donnait carte blanche. Et il nous tiendra au courant de ce que la police trouvera.

– Génial ! Leduc n'a jamais fait ça avec nous.

– Tu parles ! De toute façon, pour le Gibbon, je suis une erreur de Dame Nature. Les filles sont censées coudre, cuisiner, sauter à la corde, certainement pas enquêter. Pareil pour les femmes, mais enlève « sauter à la corde » et remplace par « fabriquer des mouflets et cirer les chaussures de leur mari ».

Stan sourit. Lou reprit :

– Assez parlé maintenant ! Dépêche-toi d'en finir avec le dépannage de Valparaiso, parce que sans lui, tu ne vaux pas un clou. En attendant, je vais rendre une petite visite à la voisine de Pomme. D'après Francis, elles se connaissaient bien toutes les deux, je pourrais apprendre des choses intéressantes.

– Tu ne crois pas qu'on devrait enquêter ensemble ? Si l'assassin a déjà tué trois femmes, il n'hésitera pas à dégommer une détectivette à bottes zébrées si l'envie lui en prend.

– Détectivette ? s'étrangla Lou, vexée. Tu oublies que j'ai fait de la boxe thaï et du karaté !

– Comment pourrais-je l'oublier ? Tu m'as presque cassé le nez en voulant me montrer un de tes coups secrets.

– C'est vrai, mon pauvre Stanichou. D'accord, je t'attendrai pour me jeter dans la gueule du loup. Mais tu en as pour combien de temps avec Valpo ?

– C'est « Valparaiso » en entier, s'il te plaît. Et moi, c'est Stan. Stanislas à la rigueur, mais pas Stanichou, ni Stany, ni autre chose. Pigé ?

– À vos ordres, caporal Stanilovitch ! Alors, tu en as pour combien de temps avec ton ordinateur ?

Stan fit la grimace :

– Je l'ignore.

– T'es drôle, toi ! Tu sais que ça urge cette histoire. Dans dix jours, le serial killer remet le couvert.

– Pour t'occuper, tu n'as qu'à interroger les profs ou le proviseur. Ils ont peut-être remarqué quelque chose.

– Tu veux ma mort ? s'écria Lou. C'est bien plus dangereux que d'aller cuisiner la voisine. Déjà que les profs me prennent pour une cinglée avec mes pantalons en satin à pompons. Tu imagines si je leur demande leur emploi du temps dans la nuit de vendredi à samedi ? Je ne ferai pas de vieux os à Jules-Verne !

– OK, abandonne… On va laisser la police s'en occuper.

– C'est plus sage, oui. Bon, je te donne jusqu'à lundi pour soigner ton malade. Passé ce délai, j'irai toute seule chez Amélie Taupin et j'embaucherai un autre informaticien.

– Parfait ! Quant à moi, j'engagerai une autre copine, une blonde bien balancée qui s'habille classe.

Lou se rua sur Stan et le bourra de coups de poings.

– Salopiot de Stanilotruc !

L'adolescent éclata de rire et la ceintura. Prisonnière de ses bras, elle demanda tranquillement :

– Au fait, qu'est-ce que je dis à ta mère ? Elle comptait sur moi pour que je te fasse sortir de ta tanière.

– Dis-lui qu'elle n'avait qu'à m'échanger à la maternité, maintenant c'est trop tard, répondit-il en relâchant son amie.

– Je suis sûre qu'elle va apprécier. Allez, remets-toi au boulot avec Valparaisondutout. Pendant ce temps, je vais courir sous la pluie. J'ai les jambes qui me démangent.

– Évite de te faire assassiner !

## Commissariat de Port d'Amar

**Samedi 22 octobre, 15 h 45**

Dans le hall, Francis Morel serra la main d'Amélie Taupin et lui présenta son collègue Sam Tordjac, le spécialiste de l'identité judiciaire du commissariat qui les aiderait à établir le portrait-robot du jeune homme blond à lunettes.

– Si vous voulez bien me suivre, fit-il.

Amélie se leva et emboîta le pas aux policiers. C'était une grande femme aux cheveux gris et à l'allure sportive. Âgée d'une soixantaine d'années, elle avait un beau visage au regard intelligent et une jolie silhouette. Ils pénétrèrent dans une petite salle équipée d'une longue table et de trois ordinateurs allumés.

– J'espère vous être utile, commença-t-elle en s'installant sur la chaise que le brigadier lui présentait. Mais en vérité, je ne l'ai vu qu'un bref instant à la lueur du réverbère. Cependant, j'ai une très bonne mémoire visuelle.

– Ne vous inquiétez pas, la rassura Sam Tordjac. Nous allons utiliser cet ordinateur. Je vais vous montrer les différents types de traits faciaux de nos bases de données, et vous m'indiquerez celui qui ressemble le plus au suspect.

Il leur fallut plus d'une heure pour obtenir un résultat. Finalement, Amélie déclara que le portrait qui s'affichait sur l'écran était tout à fait ressemblant. On y voyait un jeune homme d'environ vingt-cinq ans portant des lunettes rondes à monture métallique. Les cheveux blonds, coiffés en arrière, le visage étroit, le front haut légèrement bombé, le nez long, la bouche mince. Sam Tordjac établit ensuite un second dessin sans les lunettes, pour le cas où celles-ci seraient juste un camouflage.

– C'est formidable tout ce qu'on peut obtenir grâce à l'informatique ! s'écria Amélie Taupin admirative.

– Comparons maintenant ce portrait-robot aux clichés anthropométriques du fichier central des criminels et délinquants, pour voir si le suspect est déjà passé entre les mains de la police, annonça le dessinateur judiciaire.

Il était plus de dix-huit heures quand Amélie Taupin quitta le commissariat. L'examen des photographies avait été long et fastidieux. Finalement, un seul criminel correspondait au portrait-robot, mais il était en prison depuis trois ans ! Il ne fallait pas se décourager pour autant, car il serait très utile de confronter le dessin obtenu aux éventuels suspects que la police arrêterait au cours de l'enquête.

## Maison Jaune

**Dimanche 23 octobre, 11 h 13**

À quatre pattes sur le parquet, Lou agitait sa ceinture sous le nez de Moby Dick. Le chat acceptait de croire qu'il s'agissait d'une proie et lui balançait coup de griffes sur coup de griffes sous les encouragements de sa maîtresse. Attirée par leur raffut, Mme Rose poussa la porte de la chambre.

– Je me demande qui s'amuse le plus, toi ou lui ?

– Je lui fais faire de l'exercice. Avec cette pluie, il passe son temps à roupiller, c'est très mauvais pour la santé. Et puis comme ça, il a l'impression de participer à l'enquête.

– Ah ?

– La ceinture est en faux serpent, tu n'avais pas remarqué ?

– Pas vraiment. Dis-moi, je croyais que tu croulais sous le travail ?

– On faisait juste une petite pause !

La gouvernante jeta un coup d'œil au bureau de Lou. Constatant qu'aucun cahier ni livre ouvert ne s'y trouvait, elle fronça les sourcils :

– Ton nez remue, avoue que tu n'as pas commencé !

L'adolescente louvoya :

– J'ai une excuse ! Il me manque des documents… Tu sais, les livres que Pomme devait me prêter.

Mme Rose hésita, était-ce du lard ou du cochon ? Dans le doute, elle proposa :

– Choisis donc un autre écrivain.

Lou se redressa, indignée :

– Ah ça non ! Déjà que Pomme est morte !

– Je ne vois pas le rapport.

– Moi si. Garder l'auteur qu'elle m'a conseillé est une manière de rendre hommage à son travail de documentaliste.

– Dans ce cas, débrouille-toi pour trouver ces informations ailleurs, ça ne doit pas être sorcier.

Lou se laissa tomber sur son lit, l'air accablé. Mme Rose se radoucit :

– Qu'est-ce que tu as ?

– Je me sens nulle ! Je voudrais empêcher l'assassin de tuer une quatrième fois et je m'aperçois que je ne sais pas quoi faire pour y arriver.

– Une quatrième fois ? répéta la gouvernante, interloquée.

– Malheureusement oui ! Ce type est un tueur en série, il ne va pas s'arrêter en si bon chemin, prédit Lou, reprenant la formule de

Constantin. Jamais trois sans quatre, et pas plus tard que dans dix jours, c'est mathématique.

Mme Rose s'assit sur le lit de Lou.

– Si tu me racontais tout ?

Le visage de l'adolescente s'illumina. Grâce aux notes prises dans son carnet, elle fit un exposé très précis de l'affaire. La gouvernante l'écouta avec attention, ponctuant le récit de hochements de tête approbateurs ou désapprobateurs.

– Bien, voici mon opinion, déclara-t-elle quand Lou eut terminé. La piste à suivre, c'est ce jeune homme blond que la voisine a aperçu.

Lou plissa le nez et secoua la tête, elle n'avait pas l'air convaincu.

– Je ne pense pas que ce soit si simple. Ce serait bizarre qu'il se soit laissé voir. Quand on s'apprête à tuer, on se débrouille pour ne pas se faire remarquer, non ?

– Si ça se trouve, la voisine n'a vu que ce qu'il a bien voulu lui montrer : des cheveux blonds, des lunettes. Il a tout à fait pu se déguiser : une perruque blonde, de fausses lunettes, peut-être même un faux nez… et le tour est joué !

– Un faux nez ! Tu regardes trop la télé, madame Rose.

– Bon d'accord, pas de faux nez. Pourtant, je trouve que ça va bien avec cette mise en scène : les serpents sur les murs, les serpents sur l'épaule, le venin dans la seringue. Ce type est très certainement un maniaque. Et je te parie aussi qu'il est misogyne. Regarde, les trois victimes sont des femmes.

– Dans ce cas, c'est peut-être Leduc l'assassin ! Il veut renvoyer la gente féminine à la cuisine.

La gouvernante éclata de rire :

– L'inspecteur Leduc ! Lou, tu charries. Non, sérieusement, il faut chercher un maniaque misogyne, voilà ! L'assassin est un maniaque misogyne, répéta-t-elle avec conviction en soulignant ses propos d'un mouvement vigoureux du menton. D'ailleurs, tu devrais garder tes distances.

– Ne t'inquiète pas, il est probable qu'il ne soit plus dans les parages. Il n'a jamais frappé deux fois dans la même ville.

– Tant mieux ! Et si tu te mettais à ton travail maintenant ?

Lou regarda Moby Dick et soupira :

– Tu as de la veine, personne ne te demande jamais rien à toi. Avec un peu de chance, je me réincarnerai en chat.

– Miaou ! approuva le félin.

## Commissariat de Port d'Amar

**Lundi 24 octobre, 10 h 30**

Géraldine Ribot, la remplaçante de Léonie Laroche, une jeune femme lisse et incolore, entra dans le bureau du lieutenant Paul Leduc et lui annonça d'une voix mécanique l'arrivée de M. et Mme Daumier. Le Gibbon avala tout rond sa dernière bouchée de beignet à la framboise, puis s'empara du téléphone et composa le numéro de poste du brigadier Morel.

Deux minutes plus tard, Francis se présentait.

– Alors, Morel, on fait comme prévu, c'est vous qui vous en occupez ? lui demanda le lieutenant.

Le jeune policier opina silencieusement.

– Parce que j'ai un boulot monstre avec ce Festi-Musik, reprit Leduc. Ce n'est pas rien d'organiser le service d'ordre d'un festival ! Et n'oubliez pas votre rapport, je le veux sur mon bureau ce soir. Le capitaine l'attend. Cette affaire Daumier a l'air de le préoccuper. Il dit qu'on va nous envoyer des gars de la Crim'*.

* Pour « Brigade criminelle » : service chargé d'enquêter sur les homicides.

Nouveau hochement de tête du brigadier. Il s'y attendait. Les inspecteurs de la Criminelle allaient comparer les empreintes trouvées chez Pomme avec celles relevées dans les appartements d'Éliane Bombard et de Véronique Lequenoy. Puis le venin, pour vérifier qu'on avait bien affaire au même tueur.

– Où en est Grodeck avec l'autopsie ? demanda le lieutenant.

– Il y travaille.

– Dites-lui de se dépêcher, je ne tiens pas à passer pour un manchot.

Morel ravala un rire : vu la taille des bras de Leduc, il n'y avait pas de risque. En revanche, si on considérait sa manière de travailler, le risque était majeur. Il laissa le lieutenant à ses inquiétudes et descendit chercher les parents de la victime.

Mme Daumier était grande et belle. Ses yeux étaient du même bleu que la pierre précieuse qui pendait à son cou, et ses cheveux auburn assortis à son pull rouille. Elle dominait d'une tête son mari, un petit homme chauve au regard anxieux. Francis se rappela les renseignements collectés par Couturier : le père de la victime était banquier, la mère styliste, plutôt connue semblait-il. Grosse fortune apparemment. Mais drôle de couple ! jaugea

Francis en les invitant à entrer dans son bureau.

Mme Daumier s'installa sur une chaise, le dos droit, presque raide. M. Daumier se tassa sur une autre, la mine accablée, le regard flottant. Le brigadier présenta ses condoléances. La mère hocha la tête, minimaliste ; le père esquissa un sourire triste. Morel se racla la gorge, mal à l'aise. Le plus difficile allait commencer. Il leur exposa les circonstances de la mort de leur fille, évoqua l'arme du crime, la possibilité qu'elle ait été victime d'un tueur en série.

Le couple l'écouta sans l'interrompre. Du coin de l'œil, Francis vit le père se mordre l'intérieur des joues pour retenir ses larmes. La mère ne battit pas d'un cil, mais explosa soudain quand le policier eut terminé.

– Quelle idée elle a eu de venir s'enterrer ici !

C'était un très mauvais jeu de mots, mais elle n'eut pas l'air de s'en apercevoir.

– Chérie, tu sais bien comme Pomme aimait Port d'Amar, souffla timidement M. Daumier.

Et, se tournant vers le policier, il expliqua :

– C'est ici que mes parents vivaient. Quand Pomme était petite, elle y venait souvent en vacances. Puis elle avait trouvé ce travail au lycée Jules-Verne.

– Parlons-en de ce travail ! lâcha Mme Daumier, la bouche pleine de mépris. Documentaliste dans une école, tu appelles ça un travail ?

– Pomme adorait son métier, insista M. Daumier.

– Ça oui, elle ne vivait que pour ses bouquins ! Mais c'est pas la vie, ça, les livres !

Dialogue de sourds, pensa le brigadier. Il leur demanda si Pomme avait des amis.

– Cendrillon n'a pas d'amis, répondit la mère.

– Tu exagères ! se fâcha timidement M. Daumier.

– Tu l'as toujours défendue, ta fille, hein ?

Morel avait l'impression d'assister à un règlement de comptes. C'était plutôt pénible. Il avait de la pitié pour le père de Pomme, mais derrière l'agressivité de Mme Daumier il devinait une certaine douleur : celle d'une mère qui n'a jamais réussi à comprendre ni à aimer sa fille et qui s'aperçoit qu'il est trop tard.

– Donc pas d'amis. Et un fiancé ? insista Francis en s'adressant à M. Daumier.

Après tout, Cendrillon avait un prince charmant, se dit-il.

– Pas que nous sachions, répondit le père. Mais Pomme a toujours été très discrète.

– Surtout avec moi, ajouta la mère en tirant nerveusement sur son saphir.

Le policier avait donc vu juste : Mme Daumier souffrait. Peut-être se sentait-elle indirectement coupable de la mort de sa fille. Si elle avait su l'aimer, Pomme ne se serait pas réfugiée dans les livres, elle ne serait pas devenue documentaliste, n'aurait pas fui à Port d'Amar, et donc n'aurait pas été assassinée. Enfin, c'était son hypothèse. Il éviterait de la mentionner dans son rapport et s'en tiendrait aux faits : M. et Mme Daumier n'avaient aucune idée des fréquentations de leur fille.

Le brigadier demanda aux parents s'ils savaient ce que Pomme avait fait vendredi soir, mais évidemment ils l'ignoraient. La mère ne lui avait pas parlé au téléphone depuis un mois, le père depuis une semaine. Quant à leur dernière rencontre, elle remontait à trois mois. Des liens plutôt distendus, estima Morel avant de continucr l'cntrcticn :

– Encore une chose. Où étiez-vous dans la nuit de vendredi à samedi ?

La mère de Pomme s'insurgea :

– Vous ne pouvez tout de même pas nous soupçonner d'avoir tué notre enfant ?!

– Je suis désolé, c'est une question de routine.

– Nous étions à Madrid, nous sommes descendus à l'hôtel Excelsior.

– Je vous remercie.

– Quand pourrons-nous enterrer notre fille ? demanda M. Daumier.

Francis se gratta le menton. La question était délicate, la réponse difficile à accepter.

– Pas avant la fin de l'enquête, je suis navré.

– C'est inacceptable, il nous faut une date ! exigea Mme Daumier, tranchante comme un patin à glace. Pas vendredi en tout cas, j'ai un défilé à Rome. Et puis il faut envoyer les faire-part, nous avons beaucoup de relations, vous comprenez.

– Il m'est impossible de vous donner une date, répéta le policier.

– Ce n'est pas grave, fit M. Daumier, conciliant. Dans un premier temps, nous donnerons une messe à sa mémoire. Que dis-tu de jeudi, chérie ?

Mme Daumier poussa un soupir à fendre l'âme.

– Une messe *plus* un enterrement ! Enfin, si tu y tiens ! Mais c'est toi qui t'en occupes. Moi, je n'ai absolument pas le temps.

Francis vit le pauvre M. Daumier se tasser sur sa chaise. Sa vie devait être un enfer.

– Nous ferons comme cela, monsieur Morel. Une messe jeudi et l'enterrement quand ce sera possible.

Et il ajouta à voix basse, comme s'il avait peur que sa femme entende :

– Les cérémonies auront lieu à Port d'Amar sur la terre de mes ancêtres. C'est ce que Pomme aurait souhaité.

– Je comprends, murmura Francis, touché. Je pense que j'ai fini de vous ennuyer, vous pouvez rentrer chez vous à présent.

– Merci pour tout ce que vous faites pour Pomme, dit M. Daumier en lui serrant longuement la main. Il faut absolument que vous trouviez celui qui a tué ma petite fille. Il le faut ! Je m'en veux tellement de n'avoir pas su la protéger quand elle était vivante...

– Je ferai tout ce qui est en mon pouvoir. Je vous en donne ma parole.

– Merci, je vous crois.

Francis raccompagna les parents de Pomme jusqu'au parking. Dehors, il pleuvait des cordes. Le chauffeur sortit chercher Mme Daumier avec son parapluie. M. Daumier se contenta d'un journal plié sur sa tête. La voiture était une Mercedes modèle 4 × 4, une des plus chères du marché. Avec son seul salaire, Pomme aurait dû économiser toute sa vie pour s'en offrir une pareille.

## Commissariat de Rennes

**Lundi 24 octobre, 13 h 32**

Ainsi qu'il le faisait toujours quand un crime avait été commis dans sa circonscription, le capitaine Scomazon se frotta les mains avec enthousiasme. Une femme venait d'être trouvée morte à son domicile, la moitié du corps gonflée et l'épaule tatouée d'un serpent. D'après le légiste qui s'était occupé de l'autopsie, le décès remontait à la nuit de vendredi à samedi et avait pour origine une injection de venin de *Dispholidus typus*, un serpent d'Afrique.

Le capitaine Scomazon relut la fiche de la victime : Éloïse Bécariste, quarante-deux ans, secrétaire médicale, célibataire, sans enfant. Il y avait de grandes chances pour que cette malheureuse soit l'une des victimes du « Serpent Masqué ». Le tueur à la seringue avait en effet déjà son sobriquet. Le chef de la police rennaise avait reçu du Quai des Orfèvres une note très précise à son sujet. Après Paris, Lyon, Port d'Amar (qu'est-ce qui lui avait pris de frapper dans une si petite bourgade ?), voilà que c'était à Rennes que le tueur venait de planter son dard meurtrier. Il y avait bien là de quoi se frotter les mains quand on était comme Scomazon un jeune capitaine plein d'ambition.

## Chez Amélie Taupin

**Lundi 24 octobre, 14 h 04**

Amélie Taupin avait toujours aimé les jeunes. D'ailleurs, au fond d'elle-même, elle n'avait pas du tout l'impression d'avoir soixante-trois ans. Sans ces rides qui accusaient son âge, elle se serait donné une trentaine d'années tout au plus. Elle était contente d'avoir ces deux adolescents dans sa cuisine. Le prénom de la fille lui plaisait : Lou, c'était original et ça lui allait comme un gant. Au premier regard sur ses yeux de chat, son nez retroussé, sa casquette de travers et, plus bas, ses bottes zébrées, Amélie avait deviné qu'elle ne manquait pas de tempérament. Le garçon aussi lui plaisait. Il avait un joli petit museau de souris, les dents de devant très écartées, le corps fin et souple. Ses cheveux roux, plantés drus, étaient d'un bel orange vif, un vrai poil de carotte. Ses yeux verts pétillaient d'intelligence ; son regard était très doux, surtout quand il souriait.

La voisine de Pomme se demandait s'ils étaient amoureux ou plutôt amis. Tout en versant du chocolat chaud dans des tasses, elle penchait pour la deuxième solution. Elle déposa les mugs fumants sur la table de la cuisine :

– Attendez un peu, c'est brûlant.

Lou et Stan la remercièrent poliment. Le chocolat sentait vraiment bon. Négligeant les recommandations, le garçon trempa ses lèvres dans l'appétissant breuvage. Il avait passé la journée plié en deux sur le clavier de Valparaiso sans prendre le temps de boire ni de manger. Le virus avait été long à terrasser, mais finalement, grâce au logiciel que lui avait prêté un copain, il avait triomphé à treize heures quarante-cinq précises, soit cinq minutes avant le passage de Lou. Malheureusement Amélie Taupin avait raison, le chocolat était brûlant. Il reposa sa tasse à regret, le bout de la langue cuisante.

– Maintenant, dites-moi ce que vous espérez de moi, fit leur hôte.

– Nous cherchons des informations sur Pomme, répondit Lou.

– Ça j'ai bien compris, tu me l'as dit au téléphone, mais pourquoi ?

– Pour aider la police à retrouver son meurtrier, déclara l'adolescente sans détour.

Puis elle ajouta :

– Je la connaissais un peu.

Amélie Taupin hocha gravement la tête.

– À votre âge, j'aurais fait la même chose. Par quoi voulez-vous commencer ?

– Vous pourriez nous parler d'elle, proposa Stan.

– Pomme était douce, gentille, solitaire et blessée.

– Blessée ? s'étonna Lou.

– Une mère comme un glaçon, jamais un bisou, encore moins un câlin. Un père loukoum, doux mais mou, incapable de tenir tête à sa femme. Résultat : une enfance solitaire, repliée sur elle-même, avec pour seuls compagnons ceux qu'elle s'inventait ou qu'elle rencontrait dans les livres.

Lou regarda la femme, visiblement sidérée par sa description.

– Vous la connaissiez drôlement bien !

– J'ai des yeux, des oreilles et un cœur. Pomme venait ici tous les samedis depuis neuf mois. J'étais un peu sa mère adoptive, sans doute plus tendre que la biologique.

Amélie aurait pu ajouter : « … et Pomme était la fille que je n'ai pas eue. » Mais les adolescents n'étaient pas là pour l'entendre parler de sa vie privée. À la place, elle déclara, les yeux dans le vague :

– La mort n'est qu'un passage.

Lou sentit le coude de Stan s'enfoncer dans ses côtes. Ce n'était pas le genre de phrase qu'il pouvait laisser passer sans réagir. Le paradis, même peuplé d'ordinateurs, n'existait pas pour lui. Et s'imaginer réincarné en souris n'était pas non plus dans ses cordes.

– Est-ce qu'elle avait des amis ? demanda-t-il afin de ramener Amélie sur terre.

– Un embryon d'amoureux, déclara-t-elle.

Les jeunes gens la fixèrent, interloqués. La femme s'expliqua :

– Depuis le début de l'été, elle me parlait d'un homme dont elle était amoureuse, un dénommé Tommy.

– Que savez-vous de lui ?

– Vingt-neuf ans, nationalité suisse, travaillant pour les Nations unies. Il pilote les avions lors des missions d'intervention.

– Comment se sont-ils rencontrés ?

– Aucune idée, Pomme n'a jamais voulu me le raconter. Je n'ai pas insisté, elle était du genre à vite rentrer dans sa coquille. Mais cette liaison me paraissait un peu trop mystérieuse.

– Mystérieuse ? répéta Stan, étonné.

– Ce pilote tombé du ciel, c'est trop romantique. J'y crois à moitié. Lou, tu connaissais Pomme, c'était une beauté discrète. Je dirais même qu'elle faisait son possible pour éviter qu'on s'aperçoive qu'elle était jolie. Jamais une robe coquette ni une once de maquillage, même ses cheveux magnifiques, elle s'arrangeait pour les cacher.

Lou approuva silencieusement. Amélie poursuivit :

– Les hommes qui remarquent ce genre de femme sont plutôt rares. Alors j'imagine mal un pilote de l'Onu toujours par monts et par vaux prendre le temps de découvrir la perle fine cachée sous la coquille d'huître.

– Vous pensez qu'il lui aurait menti sur son métier ? s'enquit Lou.

– C'est possible. En tout cas, il devait venir à Port d'Amar mardi. Pomme avait l'intention de l'emmener au Festi-Musik écouter une chanteuse qu'elle aimait beaucoup.

– Keren Ann ?

– Oui, c'est ça : Keren Ann. Pomme m'a fait écouter ses chansons. Belles, mais beaucoup trop mélancoliques.

Lou fredonna :

– *Être en vie n'est pas assez ni trop. Être en vie n'est jamais trop ni assez.*

– *La Disparition.* Elle la passait en boucle, je l'entendais d'ici… Prémonitoire, n'est-ce pas ?

Stan tiqua discrètement. Il avait l'esprit trop rationnel pour croire aux oiseaux de mauvais augure ou aux chansons qui prédisent l'avenir.

– Pensez-vous que le jeune homme blond soit Tommy ? demanda Lou.

La femme s'étonna :

– Qui t'a parlé de lui ?

L'adolescente évoqua les liens entre son oncle, ancien capitaine de police de Port d'Amar, et le brigadier Morel, en charge de l'enquête. Amélie parut un peu fâchée : ils auraient dû commencer par là, elle n'aimait pas les cachotteries. Elle répondit tout de même :

– Pomme ne m'a pas décrit son Tommy. Mais le visiteur de vendredi n'avait pas l'air d'avoir vingt-neuf ans. Je lui en donne tout au plus vingt-cinq. Cependant il faisait nuit, je peux me tromper.

Lou et Stan la remercièrent et s'en allèrent. Dehors, il pleuvait, encore, toujours. Lou s'abrita sous le parapluie de Stan et glissa son bras sous le sien.

– Un fiancé, qui l'eût cru ? souffla-t-elle.

– Pas un fiancé, un embryon d'amoureux ! Tu ne trouves pas qu'Amélie Taupin est une drôle de femme ?

– Moi, je l'aime bien.

– Je n'ai pas dit que je ne l'aimais pas. C'est juste qu'elle est particulière.

– Toujours est-il qu'elle nous a bien aidés. Il faut absolument que tu retrouves ce Tommy.

Tu dois bien pouvoir faire ça avec tes logiciels d'espion des ténèbres.

– Sauf que l'Onu, c'est gigantesque ! Il y a au moins trois cent mille personnes là-dedans !

– Oui, mais pas autant de pilotes qui s'appellent Tommy.

– À condition qu'il soit effectivement pilote.

– En tout cas, si tu arrives à obtenir sa photo, on pourra la comparer avec le portrait-robot du visiteur de vendredi soir.

– Tu crois que l'embryon a tué Pomme ?

Lou haussa les épaules.

– Je n'en sais rien. La seule chose dont on soit sûrs, c'est que Pomme connaissait son tueur, vu qu'elle n'a pas hésité à lui ouvrir la porte de son appartement en pleine nuit.

– À moins que le tueur soit une femme. On se méfie moins des dames.

Lou le regarda, l'air surpris :

– Tu penses à Amélie ?

– Un bon détective soupçonne tout le monde, Constantin ne te l'a jamais dit ?

– Un millier de fois et c'est même moi qui te l'ai appris, idiot ! N'empêche, j'ai du mal à imaginer Amélie une seringue à la main. D'ailleurs, pourquoi aurait-elle tué Pomme ?

– Parce que la jeune documentaliste avait découvert que sa voisine était un agent secret travaillant pour le compte d'une puissance ennemie.

– Très drôle, Koh ! Mais dans ce cas, pourquoi Amélie aurait tué Éliane et Véronique ?

– Parce qu'elles l'avaient démasquée, elles aussi.

– De plus en plus drôle.

– En fait, je ne plaisante pas, continua Stan, soudain sérieux. Le mobile d'Amélie Taupin m'échappe, mais je ne crois pas qu'on puisse la rayer si facilement de la liste des suspects.

– Tu sais que tu m'énerves ? Moi, je n'ai pas envie que ce soit elle, d'accord ?

– Lou Kerval, vous n'êtes pas très professionnelle, fit Stan sur un ton de reproche.

– Je sais, Koh. Bon, on va le chercher ce Tommy ?

## Lycée Jules-Verne

**Lundi 24 octobre, 14 h 30**

Maurice Delachaux, le proviseur du lycée Jules-Verne, reçut le brigadier Morel dans son bureau. C'étaient les vacances, mais il n'avait pas quitté Port d'Amar. Son logement de fonction, situé au troisième et dernier étage du bâtiment, était vaste et confortable.

Avec le calme et l'autorité seyant à sa fonction, le proviseur répondit aux questions du policier. Il avait engagé Pomme au mois de janvier de l'année précédente sur la foi de son excellent curriculum vitæ et à la suite d'un long entretien. Il n'avait jamais regretté son choix, Mlle Daumier s'étant révélée une excellente documentaliste. Elle n'était jamais absente et se donnait à fond dans son travail. Plusieurs fois, il l'avait d'ailleurs vue rester au lycée bien au-delà de l'heure légale.

À la question du brigadier sur l'entente de la jeune femme avec ses collègues, la réponse du proviseur fut succincte, mais claire : fort bien. Les professeurs et les élèves l'appréciaient. Mais pour autant que M. Delachaux pût en juger, elle n'avait pas noué de liens particuliers avec l'un ou l'autre. Il donna néanmoins la liste de son personnel au policier, puis le raccompagna à la porte du lycée où il lui serra la main, sans trop la presser, en lui souhaitant d'une voix neutre de réussir dans son enquête.

## Maison des O'Connor
**Lundi 24 octobre, 16 h 42**

D'un côté il y avait Stan, penché sur son ordinateur, les doigts pianotant à une vitesse supersonique sur son clavier, de l'autre Lou, debout derrière son ami, fascinée. Koh méritait bien son surnom.

Stan avait appris l'informatique tout seul et il avait commencé très jeune. À six ans, il s'était fait offrir son premier ordinateur en demandant à toute sa famille de se regrouper. Il avait débuté par des jeux, puis s'était frotté à des logiciels de plus en plus complexes. À neuf ans, il était capable de concevoir un mini-site web. À douze ans, il savait s'introduire dans un programme interdit d'accès.

De grandes sociétés du service de renseignements s'en étaient d'ailleurs aperçues et avaient proposé à Stan de l'embaucher dans leurs équipes d'informaticiens pendant les vacances scolaires. Mais le garçon avait refusé. Il préférait passer son temps libre avec Lou, et puis travailler en franc-tireur l'amusait plus.

C'est grâce à ces compétences que Stan s'était infiltré dans les fichiers top secrets de l'Onu pour avoir la liste du personnel. Il y avait même déniché un pilote portant le nom de

Tommy Scapato. Mais d'après la fiche de renseignements le concernant, l'homme avait cinquante-cinq ans, la nationalité américaine, il était marié, père de trois enfants et vivait à Salt Lake City aux États-Unis. Rien à voir avec la description qu'avait faite Amélie Taupin de l'amoureux mystère.

## Morgue de Port d'Amar

**Lundi 24 octobre, 17 h 55**

Le docteur Grodeck retira ses gants en latex et poussa un bref soupir. Il aimait son travail, mais disséquer le corps d'une jolie femme de vingt-cinq ans n'a jamais été une partie de plaisir. Il se tourna vers le brigadier Morel qui patientait à l'autre bout de la pièce, et lui fit signe d'approcher.

– C'est bien ce que vous pensiez. Cette jeune personne a reçu une injection de venin de serpent. Le meurtrier n'y a pas été avec le dos de la cuillère : la dose est dix fois supérieure à ce qu'un serpent est capable d'inoculer en une seule morsure. Cela explique que le sujet soit décédé dans l'heure qui a suivi la piqûre. Avec ce genre de venin, l'effet est directement lié à la quantité. L'assassin voulait être sûr de tuer.

Francis Morel avala sa salive. Maintenant, il avait la preuve de son intuition. Dans un sens, c'était satisfaisant, il n'avait pas crié au loup pour rien. Mais dans un autre, c'était angoissant. Le tueur de Paris et de Lyon était toujours en chasse…

– *Dispholidus typus* ? demanda Francis.

– Eh non, c'est la surprise. Il a dû changer de fournisseur. Il faudra que je fasse des vérifications, mais ça ne devrait pas être long. Je vous dirai ça demain matin.

Le policier était troublé. Pourquoi l'assassin n'avait-il pas utilisé le même venin qu'à Paris et à Lyon ? Aurait-il eu du mal à s'approvisionner ?

– Autre chose, ajouta Grodeck, la victime avait absorbé des somnifères. Elle était complètement endormie au moment de l'injection. Deux comprimés de Dormival.

– Du Dormival ? s'étonna Francis. J'ai inspecté son armoire à pharmacie, elle n'avait aucun somnifère chez elle.

– L'assassin a très bien pu le lui administrer sans qu'elle s'en rende compte. Dilué dans un jus de fruit ou une tisane sucrée, on n'en sent pas le goût, expliqua le légiste.

Le brigadier resta silencieux quelques instants : pourquoi le meurtrier avait-il eu besoin d'endormir Pomme Daumier ? Avait-il craint qu'elle se méfie ? Ou voulait-il éviter qu'elle se débatte ?

– En dehors du venin et du somnifère, aucune agression à signaler, poursuivit le légiste.

Sur ce point, au moins, il n'y avait pas de différence avec Éliane Bombard et Véronique Lequenoy, pensa Francis. Le meurtrier n'avait pas touché la jeune femme.

– Quand a-t-elle pris son dernier repas ? s'enquit le policier.

– Vu l'état de son estomac, aux alentours de vingt heures. Dîner léger : une soupe et un yaourt seulement.

C'était donc avant l'arrivée du jeune homme dont la voisine avait signalé la visite à vingt et une heures.

– Et à quelle heure est-elle décédée ?

– Environ une heure du matin, à un quart d'heure près. Soit, comme je vous l'ai dit, une heure après l'injection.

Et quatre heures après l'arrivée du jeune homme qui serait donc resté trois heures en compagnie de sa future victime, calcula Francis. À condition toutefois que ce soit lui l'assassin, ce qui n'était pas du tout prouvé.

– Appelez-moi dès que vous aurez identifié le venin utilisé, demanda-t-il à Grodeck.

– Comptez sur moi.

Le brigadier quitta la morgue et se dirigea rapidement vers le commissariat. Étant donné la longueur de ses jambes, il ne lui faudrait pas plus de trois minutes pour rejoindre le bureau qu'il partageait avec Yannick Couturier. Ce dernier avait peut-être eu le temps de passer à l'appartement de Pomme Daumier et au lycée Jules-Verne pour chercher des informations sur ce Tommy avec lequel, d'après Amélie Taupin, la victime aurait eu une liaison.

## Commissariat de Port d'Amar

**Lundi 24 octobre, 19 h 01**

Leduc raccrocha le téléphone, l'air maussade. Ce que le commissaire principal venait de lui apprendre le décevait énormément. Lui qui avait espéré l'arrestation rapide du Serpent Masqué, c'était tout le contraire ! Le tueur avait encore frappé, à Rennes cette fois, mais toujours avec la même seringue chargée à bloc de venin. Plus mystérieux, il avait agi environ une heure après que Pomme ait été piquée. Loin de se résoudre, l'affaire se corsait.

Deux hommes de la PJ devaient débarquer le lendemain matin pour enquêter sur l'affaire

Daumier. Ce n'était vraiment pas de veine, parce qu'avec l'ouverture du Festi-Musik, Leduc n'avait absolument pas eu cinq secondes pour se pencher sur cette histoire.

Une seule personne pouvait le tirer d'affaire : Morel. Coup de chance, le brigadier était encore là. Le lieutenant l'avait croisé dans le couloir quelques minutes plus tôt, un café à la main, en compagnie d'un gars qui se prétendait graphologue. Leduc n'avait d'ailleurs pas compris ce que Morel fichait avec lui, mais n'avait pas perdu de temps à lui poser la question.

Il composa le numéro de poste du policier et lui demanda de venir immédiatement avec le rapport Daumier.

## Maison Jaune

**Lundi 24 octobre, 21 h 51**

Lou quitta le canapé et s'accroupit pour ajouter une bûche dans l'âtre. Ce que Francis Morel, arrivé cinq minutes plus tôt, venait de leur apprendre était trop troublant pour qu'elle puisse rester tranquillement assise. Un quatrième meurtre avait été commis, à Rennes. Mais peut-être était-ce en réalité le troisième, parce qu'Éloïse Bécariste avait été tuée à peu près au même moment que Pomme. Ce n'était pas du tout ce qu'ils avaient prévu.

Lou attisa le feu, histoire de se calmer les nerfs.

– De deux choses l'une, commença Constantin. Soit le meurtrier a le don d'ubiquité, soit il a formé un disciple à sa technique tordue, parce qu'entre Rennes et Port d'Amar il faut compter deux bonnes heures de route.

– Imagine qu'il se soit déplacé en avion ou en hélico, proposa Lou.

– Il n'y a pas d'aéroport à Port d'Amar, objecta Stan. Et pour ce qui est de l'hélico, laisse tomber, on n'est pas dans un film américain.

– Moi non plus je n'y crois pas, intervint Mme Rose. Je pense que nous voilà avec deux maniaques misogynes au lieu d'un.

– Un maniaque misogyne ! grogna Constantin. C'est comme ça que vous appelez l'assassin, madame Rose ?

– C'est bien ce qu'il est, non ? rétorqua la gouvernante. Il ne tue que des femmes et met ses meurtres en scène comme des pièces de théâtre.

– Sauf que, dans le cas de Pomme, la mise en scène diffère un peu des trois autres, déclara Francis.

Lou, qui faisait les cent pas, s'arrêta et lui jeta un coup d'œil interrogateur. Constantin, Stan et Mme Rose aussi. Le policier leur révéla ce que Grodeck lui avait appris. Le venin qui avait tué Pomme n'était pas celui d'un *Dispholidus typus*, comme pour les meurtres de Paris, Lyon et Rennes, mais celui d'un serpent que le médecin légiste n'avait pas encore identifié. De plus, Pomme avait absorbé deux comprimés de Dormival peu avant sa mort. Elle était donc endormie au moment de l'injection, contrairement aux trois autres victimes, le brigadier l'avait vérifié.

– Pourquoi changer une équipe qui gagne ? demanda Lou avec ironie.

Effectivement, la question se posait.

– Et ce n'est pas encore tout, reprit calmement Francis. J'ai montré à un graphologue les photos des serpents dessinés sur les épaules des victimes. Il les a agrandies au microscope et les a comparées. Les serpents d'Éliane Bombard, Véronique Lequenoy et Éloïse Bécariste sont tous de la même main et ont été tracés par un droitier. Celui photographié sur l'épaule de Pomme est de la main d'un gaucher !

– Ouaaaa ! souffla Lou en se laissant tomber sur le canapé.

Cela changeait pas mal de choses.

– Un disciple formé par le maître ou un faussaire ? interrogea Stan.

– Je pencherais pour un faussaire, déclara Francis. Marcher dans les pas d'un tueur en série est un très bon moyen de passer inaperçu. La police cherche un assassin qui n'a pas d'autre mobile que de se constituer une collection de cadavres, et non un meurtrier qui tue pour se débarrasser d'une personne en particulier.

Les précisions du policier ouvraient des perspectives nouvelles sur le crime. Pomme était morte parce qu'elle gênait quelqu'un, d'une manière ou d'une autre. Mais en quoi une documentaliste discrète, douce et jolie, bien que mal fagotée, pouvait-elle déranger quiconque ? se demanda Lou. Et pour éviter d'oublier toutes ces informations et interrogations, elle dégaina son carnet noir de la poche latérale de son pantalon, et nota tout ce qu'elle venait d'apprendre.

En conclusion, elle écrivit :

*Pomme n'a pas été tuée par le serial killer*
*qui a assassiné Éliane, Véronique et Éloïse,*
*mais par quelqu'un qui imite ses méthodes.*
*L'assassin de Pomme est gaucher.*

Soudain, telle une petite ampoule s'allumant dans sa tête, une question s'imposa à elle :

– Où l'assassin de Pomme a-t-il appris les méthodes du serial killer puisque la presse n'a jamais donné de détails sur les crimes ?

– Je suppose qu'il y a eu des fuites, avança Francis. Il y en a toujours, hélas. Même si la police recommande le silence, trop de gens finissent par être au courant : les familles des victimes, les ambulanciers, le légiste…

– Et les policiers, ajouta Stan.

– Oui, nous sommes comme tout le monde, il nous arrive de trop parler, reconnut le brigadier.

– Que diriez-vous d'une petite tasse de thé avec une part de tarte au citron ? proposa Mme Rose pour les détendre.

Tous acceptèrent avec enthousiasme.

– Ne racontez rien d'important pendant que je suis dans la cuisine, leur recommanda la gouvernante.

Lou attendit donc son retour pour interroger Francis sur Tommy, le fiancé embryonnaire de Pomme. Morel s'étonna : qui lui avait parlé de Tommy ? L'adolescente dévoila ses sources.

– On n'a malheureusement rien trouvé sur lui, déclara le policier. Ce n'est pourtant pas faute d'avoir cherché.

Francis raconta toutes les investigations entreprises avec Yannick Couturier et un stagiaire : ils avaient épluché le courrier de Pomme et ses notes de téléphone en quête de coups de fil passés ou reçus de Suisse ou de l'étranger. Ils avaient également fouillé l'ordinateur du CDI à la recherche d'éventuels mails. En vain.

– Pareil pour nous, déclara Lou sans entrer dans les détails.

– Si ça se trouve, hasarda Mme Rose en découpant la tarte au citron, ce Tommy n'existe pas. Pomme a pu l'inventer.

– Pourquoi aurait-elle fait une chose pareille ? s'indigna Lou.

– Eh bien pour faire croire aux autres – et peut-être à elle-même – qu'elle était capable de séduire un homme, expliqua tranquillement la gouvernante en distribuant les parts de gâteau. C'est assez fréquent, vous savez, cette forme légère de mythomanie*.

Ils la fixèrent, abasourdis.

– Qu'est-ce que vous avez tous à me regarder comme ça ?

– Maniaque misogyne, mythomane… Tu ne nous as pas habitués à parler de cette manière, rétorqua Lou.

* Personne qui a tendance à inventer des histoires mensongères.

– J'ai mon jardin secret, moi aussi, avoua Mme Rose, le sourire au coin des lèvres et l'œil pétillant.

– Ah oui ? grommela Constantin.

– Je prépare ma reconversion.

– Ta quoi ? s'écria Lou.

– J'ai décidé de passer un diplôme de psychologie.

– *Gosspedi* ! rugit Constantin. Et pourquoi ça ?

– Lou grandit, elle a de moins en moins besoin de moi.

Le Russe n'avait pas l'air content. Mme Rose lui tapota la main :

– Rassurez-vous, je n'ai pas l'intention de vous quitter. Je suivrai les cours par correspondance. Et après, je chercherai un cabinet dans le quartier ou j'aménagerai la cabane au fond du jardin, pourquoi pas ?

Lou hésitait entre le fou rire nerveux et les félicitations. Mme Rose avait vraiment tout prévu et sans rien leur dire. Quelle cachottière ! Son oncle était beaucoup moins détendu. Il avait visiblement du mal à avaler la chose.

Francis sentit qu'il était temps de s'en aller. Et puis, il devait se lever tôt pour recevoir les hommes de la PJ. Leduc comptait sur lui pour répondre à leurs questions. Mais quand le brigadier leur livrerait ses conclusions sur le meurtre de Pomme Daumier, ils n'auraient plus qu'à rentrer chez eux.

Sur le pas de la porte, il sortit deux cartons de sa poche qu'il tendit à Lou.

– Si ça vous tente, Stan et toi.

C'étaient deux billets pour le concert d'ouverture du Festi-Musik, le lendemain soir. Bien sûr que cela la tentait, et plutôt deux fois qu'une ! C'était l'occasion rêvée pour essayer de rencontrer Tommy. Parce que, quoi qu'en pense Mme Rose, Lou avait envie d'y croire à cet amoureux, pilote ou pas. Et s'il n'avait pas encore cherché à joindre Pomme, c'était peut-être qu'il était en mission, tout simplement.

## Cabane du jardin de la Maison Jaune

**Lundi 24 octobre, 23 h 12**

Un gros chandail bleu ciel sur sa chemise de nuit en pilou, Mme Rose était en train de rêver les yeux ouverts au milieu des arrosoirs, des râteaux et des binettes. Pourquoi pas après tout ? Il suffirait d'enlever ce bazar pour le mettre dans le garage, de donner un bon coup de peinture, d'acheter un joli tapis d'Orient et deux fauteuils bien confortables, et la cabane ferait une excellente salle de consultation avec en prime la vue sur le jardin.

La gouvernante imagina son premier patient, pourquoi pas le fou furieux armé d'une seringue ? Pas l'imitateur mais le vrai, celui qui avait eu l'idée tordue de se venger des femmes, le maniaque psychopathe. Enfin, c'était peut-être un peu trop compliqué comme cas pour un premier patient.

## Commissariat de Port d'Amar

**Mardi 25 octobre, 8 h 03**

Mathias Picard et Raphaël Gérardin arrivèrent à Port d'Amar par le train de sept heures cinquante-deux, et se rendirent directement au commissariat sans passer par un quelconque café, car ils étaient pressés d'en découdre. Ces deux brillants éléments du célèbre 36 quai des Orfèvres avaient l'intention de régler rapidement cette affaire de serial killer au venin.

Leur visite à Port d'Amar ne dura pas longtemps.

À dix heures tapantes, Picard et Gérardin étaient prêts à plier bagages. Le jeune brigadier à l'allure de girafe les avait convaincus : Pomme Daumier avait été victime d'un faussaire. Les empreintes relevées sur le lieu du crime ne concordaient pas avec celles trouvées dans les appartements des trois autres victimes. Les flics de Port d'Amar n'avaient qu'à se débrouiller tous seuls avec leur faux tueur en série.

## Maison Jaune

**Mardi 25 octobre, 8 h 30**

Lou sortit de son lit et ouvrit les volets. Le ciel était très gris, bientôt il pleuvrait. Elle referma la fenêtre et alla dans sa penderie se choisir des vêtements de circonstance. Une robe jaune à motif plumes de paon, un collant bleu pétrole et un gilet violet à grosses côtes. Le soleil, aujourd'hui, c'est elle qui le porterait !

Elle s'habilla mais garda ses pantoufles. Elle avait passé un marché avec Mme Rose : un casse-croûte pour deux contre deux heures de travail. Le pique-nique était destiné à Stan et elle, car ils avaient l'intention de faire la planque devant la maison de Pomme. Amélie leur avait dit que Tommy devait venir la voir aujourd'hui, il y avait donc des chances qu'il se présente rue des Dames. Pour ne pas risquer de le manquer, les deux amis avaient décidé de l'attendre cachés quelque part à proximité.

Pour le travail, Lou avait planifié un quart d'heure d'anglais, une demi-heure de géo, une heure de biologie (elle avait un contrôle à la rentrée) et un quart d'heure d'histoire. Pour la physique et les maths, elle demanderait de l'aide à Stan plus tard.

La question de la biographie restait toujours aussi problématique. Lou regrettait de n'avoir pas profité de la visite de Francis pour lui demander l'autorisation de prendre le dossier Kosma et les ouvrages du jeune romancier chez Pomme. Tant pis, elle se débrouillerait pour se les procurer autrement.

Elle ouvrit son livre d'anglais et commença à réviser le prétérit et le participe passé des verbes irréguliers. *Begin, began, begun… draw, drew, drawn… fly, flew, flown…* Cela ressemblait à une comptine et, comme souvent quand Lou travaillait, son esprit dériva. De *grow, grew, grown* elle passa, toujours sur le ton de la récitation, à Éliane Bombard, Véronique Lequenoy, Éloïse Bécariste, les trois victimes du véritable serial killer. Éliane, Véronique, Éloïse… Comme avec l'immatriculation de l'ambulance qui s'était arrêtée devant la maison de Pomme, un mot se forma dans son esprit à partir de ces trois initiales : E.V.E. Ève, la première femme. Elle pensa à l'histoire de la Bible et au serpent qui avait convaincu Ève de désobéir à Dieu et de croquer la pomme. Était-ce un hasard si ces initiales formaient le prénom de la première femme ?

Lou se secoua et s'obligea à se concentrer sur les verbes irréguliers. Stan l'attendait à onze heures.

## Commissariat de Port d'Amar

**Mardi 25 octobre, 10 h 13**

Le brigadier Morel n'avait pas été mécontent de voir partir les deux policiers parisiens. Prétentieux, mal élevés, méprisants, voilà ce qu'ils étaient. Heureusement, ils avaient vite accepté sa théorie et n'avaient pas traîné à Port d'Amar.

Le lieutenant Leduc aussi était heureux du départ anticipé des hommes du Quai des Orfèvres. Pour fêter ça, il décida de s'offrir un beignet à la framboise supplémentaire. Il en avait déjà avalé cinq depuis le matin. Exceptionnellement, il en céda généreusement un au brigadier. Les deux policiers étaient en train de chasser les miettes de leur chemise quand Yannick Couturier entra dans le bureau en roulant des mécaniques. Ce n'était pas volontaire, il était fait comme ça, tout en muscles, les bras loin du corps, les jambes un peu arquées, comme un cow-boy du macadam.

– Alibi en béton, annonça-t-il avec sa gouaille habituelle. Ils étaient à Madrid pour une vente aux enchères de bijoux anciens. La femme a même acheté un collier de perles de jade pour la bagatelle de six mille euros. Ils n'ont pas de problèmes d'argent dans la famille.

– Tant mieux, commenta Francis, laconique.

Le lieutenant les regarda d'un œil rond :

– De quoi parlez-vous ?

– M. et Mme Daumier n'ont pas tué leur fille, expliqua Yannick Couturier.

– Dommage, l'affaire aurait été bouclée, soupira Leduc.

Les deux brigadiers se jetèrent un regard désespéré. Leur chef n'avait aucune moralité. Il était prêt à tout pour classer un dossier, même à envisager favorablement que des parents assassinent leur fille.

## Maison des O'Connor

**Mardi 25 octobre, 10 h 30**

Pendant que Lou travaillait en échange d'un pique-nique, Stan se creusait la tête au sujet de

Tommy. Pas plus que Lou, il ne croyait que le fiancé était imaginaire. Il avait une autre théorie : Tommy existait, mais n'était peut-être pas pilote. Il avait pu enjoliver sa situation pour séduire Pomme. Peut-être était-il seulement mécanicien d'avion ou simple casque bleu*.

Stan retourna donc sur le fichier du personnel de l'Onu, et grâce à quelques manipulations, découvrit bientôt une bonne cinquantaine de Tom, Thomas et autres Tommy travaillant dans les rangs de l'organisation. Parmi eux, la moitié était célibataire et âgée de moins de trente-cinq ans. Trois avaient la nationalité suisse et un seul vingt-neuf ans. Il s'appelait Tom Straub.

Stan réussit à le contacter par téléphone. Tom Straub lui répondit avec un fort accent suisse allemand qu'il ne connaissait aucune Pomme Daumier résidant à Port d'Amar ni ailleurs sur la planète. Sa fiancée s'appelait Tiphany et était très jalouse. Il mit rapidement fin à leur conversation, mais le garçon eut l'impression qu'il lui disait la vérité.

L'adolescent ne se laissa pas démonter. Il composa le numéro des deux autres Suisses : Thomas Finch travaillait au siège de l'organisa-

* Soldat de l'Onu.

tion à Bruxelles et ne connaissait aucune Pomme Daumier. Tom Brandt était brancardier à l'Onu, avait un numéro de téléphone fixe et un autre de portable, mais il était injoignable sur les deux.

Stan concentra ses espoirs sur ce Tom Brandt et imprima sa photo. Le cliché le représentait en pied, en tenue de soldat, sur fond de montagnes arides. C'était un beau et grand garçon aux cheveux bruns et au sourire éclatant. Il ne ressemblait pas du tout au portrait-robot du blond à lunettes. Stan plia tout de même la photo et la glissa dans la poche de son jean pour la montrer à Lou. Peut-être le reconnaîtraient-ils dans la foule du Festi-Musik.

## Morgue de Port d'Amar

**Mardi 25 octobre, 11 h 27**

– *Acanthophis antarcticus*, famille des élapidés, plus connu sous le nom de vipère de la mort, déclara le docteur Grodeck.

– Vous pouvez m'épeler ? demanda Francis Morel.

– Tenez, tout est noté.

Le brigadier prit la fiche des mains du médecin légiste.

– Ça n'a pas été facile, précisa Grodeck. Ces bestioles sont plutôt rares.

– Où vivent-elles habituellement ?

– Australie, Nouvelle-Guinée.

– D'après vous, comment peut-on se procurer le venin de l'une d'entre elles ?

– En prenant l'avion.

– Et si on ne peut pas ?

– Dans un laboratoire pharmaceutique, on fabrique des médicaments à partir des venins de serpents.

Francis en avait entendu parler. Seulement, il ne suffisait pas de se présenter dans un de ces laboratoires et de réclamer poliment un flacon de venin de vipère de la mort pour repartir avec. Le meurtrier avait dû se débrouiller pour dérober une fiole. Il allait falloir établir la liste des laboratoires en possession de ce venin, et savoir s'ils avaient récemment remarqué la disparition d'un flacon.

## 2 rue des Dames

**Mardi 25 octobre, 11 h 43**

Amélie Taupin eut pitié des jeunes gens. À rester dehors sous la pluie, ils allaient finir par attraper un rhume. D'ailleurs, ils seraient aussi bien chez elle, au chaud, pour monter la garde. Lou et Stan acceptèrent son hospitalité. Si Tommy – qu'il soit Tom Brandt ou un autre – se présentait chez Pomme, ils le repéreraient tout de suite par la fenêtre du salon qui donnait sur la rue des Dames.

Ils passèrent ainsi l'après-midi à bavarder, mais sans quitter la fenêtre des yeux (ils avaient établi des quarts de guet). Amélie accepta de parler un peu d'elle. Ils apprirent qu'elle avait fait trente-six métiers : artiste peintre, repasseuse, danseuse folklorique, professeur de yoga. À présent, elle étudiait l'anglais avec les marins du port, le sanskrit[*] avec l'Indien qui tenait le bazar de la place du Marché, et l'hébreu avec la fille d'un rabbin. Stan continuait à la trouver étrange, quoique sympathique, et gardait dans un coin de sa tête les recommandations de Constantin sur la nécessité de soupçonner tout un chacun.

Lou et Stan ne furent pas en reste de confidences. Stan évoqua sa passion pour l'informatique, son sentiment de décalage avec les adolescents de son âge (à part Lou), sa haine du sport. Lou raconta son enfance itinérante

* Langue ancienne dans laquelle les textes religieux indiens ont été écrits.

sur les paquebots de croisière, ses parents continuellement absents, son manque d'intérêt pour le lycée, sa difficulté à travailler…

– À propos de devoirs… commença-t-elle, traversée par une idée soudaine.

Amélie l'encouragea du regard.

– Pomme devait me prêter un dossier sur un écrivain et deux romans qu'il a écrits, mais elle n'a pas eu le temps de me les donner. Je suppose qu'ils sont toujours chez elle.

– Tu voudrais les récupérer ?

– C'est que… oui, et je crois que vous avez la clef de son appartement, non ?

– Je l'ai, mais il est sous scellés.

Lou avait totalement oublié cette obligation. Elle était consternée.

– C'est important pour toi ? demanda Amélie en voyant sa mine.

– En fait, c'est peut-être idiot, mais j'aurais bien aimé travailler sur les livres de Pomme, je veux dire ses exemplaires à elle. C'est un peu sentimental, je sais…

– C'est bien d'avoir des sentiments. Je vais te montrer comment aller chez Pomme sans passer par la porte d'entrée.

Lou était ravie ; Stan soupçonneux : pourquoi Amélie avait-elle caché aux policiers cette information ?

L'immeuble du numéro 2 de la rue des Dames faisait partie des plus anciens de la ville, il avait été construit en l'an 1589. Bien qu'il y ait eu de nombreux travaux et aménagements depuis cette date, la maison avait conservé ses secrets et notamment un minuscule escalier de service en colimaçon dont l'accès, dissimulé derrière un rideau, se trouvait précisément dans la cuisine d'Amélie.

Celle-ci y entraîna Lou. C'est ainsi qu'à la grande surprise de l'adolescente, elles se retrouvèrent dans un placard à balais puis dans la cuisine de Pomme, sans avoir eu besoin de franchir la porte d'entrée. L'appartement était plongé dans la pénombre et le silence.

Dans le hall se trouvait un portemanteau. L'œil de Lou fut attiré par une tache de couleur vive : au milieu des vestes trônait un parapluie rose bonbon. Elle fut soudain projetée quelques jours en arrière, ce vendredi après-midi pluvieux où elle avait vu un parapluie semblable zigzaguer dans la cour du lycée. L'expression fascinée de Marin Bellec suivant des yeux la toile rose lui revint en mémoire. Était-ce ce même parapluie ?

– À quoi penses-tu ? demanda Amélie.

– C'était son parapluie ?

– Elle l'avait depuis peu, mais elle l'adorait.

– Rose bonbon, c'est bizarre, non ?

– Tu as raison, Pomme jouait plutôt les passe-muraille. Prends vite ce que tu cherches, et allons-nous en. Je n'ai pas envie de finir la nuit au poste avec la nièce d'un ex-flic ! D'ailleurs ton copain Stan doit s'impatienter.

Elles pénétrèrent dans le salon, qui ressemblait plutôt à une bibliothèque tant les livres étaient nombreux. Il y en avait partout, sur les étagères et empilés à même le sol.

– Elle lisait vraiment beaucoup, remarqua Lou.

– Du matin au soir et du soir au matin, en tout cas le week-end.

– Elle n'a jamais voulu écrire ?

– Si, elle a écrit un petit roman qu'elle a envoyé à l'un de ses auteurs favoris. Malheureusement, il a prétendu que ce n'était pas bon. Elle s'est découragée.

– Dommage !

Lou n'eut aucun mal à trouver les documents. Pomme avait tout préparé sur son bureau : la chemise en carton contenant les articles sur Oscar Kosma et dessous, ses deux romans *Paradis Plage* et *La Cerise sur le gâteau.*

## Commissariat de Port d'Amar

**Mardi 25 octobre, 19 h 32**

Yannick Couturier passa l'après-midi à contacter les laboratoires pharmaceutiques de la région pour leur demander s'ils possédaient du venin d'*Acanthophis antarcticus.* Il n'obtint que des réponses négatives. Le brigadier élargit sa recherche aux laboratoires des autres régions, sans plus de succès. *Acanthophis antarcticus* était un serpent plutôt rare.

Après plusieurs heures passées l'oreille collée au combiné de téléphone, Couturier opta pour un changement de tactique. Il lui faudrait cependant attendre l'ouverture du zoo, le lendemain matin à neuf heures, pour la mettre à exécution.

## Place du Marché

**Mardi 25 octobre, 22 h 10**

La société Dufour & Co avait fourni cinq cents mètres carrés de bâches imperméables à la mairie de Port d'Amar afin de recouvrir la place du Marché où se déroulait le Festi-Musik. Heureusement que les toiles étaient totalement waterproof, car les pluies qui s'abattirent sur Port d'Amar ce soir-là furent véritablement diluviennes.

Keren Ann dut faire preuve de beaucoup de courage et d'amour envers son public pour continuer à chanter dans de telles conditions acoustiques. Lou et Stan lui en seraient éternellement reconnaissants.

Aucun Tommy ne s'était présenté au numéro 2 de la rue des Dames, mais ils avaient encore l'espoir de le voir au concert. Peut-être que Pomme lui avait fixé rendez-vous directement là-bas. Seul problème : comment repérer dans une foule aussi nombreuse quelqu'un dont on ne sait pas à quoi il ressemble ? Car rien ne permettait aux jeunes détectives d'avoir la certitude que Tommy était Tom Brandt, le beau brun bien bâti qui affichait un sourire éclatant sur la photo du fichier de l'Onu. Ils avaient également apporté avec eux le portrait-robot du blond à lunettes, pour le cas où Tommy et lui ne seraient qu'une seule et même personne.

Il était onze heures vingt. Alors que le concert tirait à sa fin et que la fatigue et la fumée de cigarettes commençaient à leur piquer les yeux, ils n'avaient toujours rien à se mettre sous la dent. Ils en avaient pourtant questionné des jeunes hommes solitaires, et même plus qu'ils n'auraient dû, à voir la manière dont certains les dévisageaient. Même le service d'ordre de Paul Leduc les avait repérés. Plus ennuyeux pour Lou, le proviseur Maurice Delachaux, venu avec femme et enfants, la regardait de travers. Tout comme John Stanford et Marin Bellec, professeurs au lycée.

Lou décida d'aborder un dernier jeune homme apparemment célibataire. D'une voix enrouée à force d'avoir trop crié pour couvrir le bruit de l'orage et de la musique, elle s'avança vers un petit chauve à lunettes. À toutes ses questions, il répondit par la négative : il ne s'appelait pas Tommy, il n'était pas pilote, ne savait même pas ce qu'était l'Onu, n'avait jamais entendu parler d'une Pomme Daumier. Il la regarda comme une folle, mais à présent Lou en avait l'habitude.

– Ça ne sert à rien, soupira-t-elle en revenant vers Stan qui avait surveillé l'interrogatoire de loin. Ils disent tous que ce n'est pas eux, mais on n'a aucun moyen de savoir s'ils mentent ou pas.

– Tu as raison, notre idée n'était peut-être pas si bonne que ça.

– Il fallait bien tenter le coup quand même, non ?

– Viens, je te raccompagne à la Maison Jaune.

## Zoo de Port d'Amar

**Mercredi 26 octobre, 9 h 22**

Dans le vivarium, Yannick Couturier se sentait pousser des ailes. Il avait mis dans le mille, il le détenait enfin son venin d'*Acanthophis antarcticus* ! Il avait même la bête entière : un reptile brun de soixante-dix centimètres à faire froid dans le dos, en tout cas d'après la photo figurant sur la pancarte. Il était caché quelque part dans le fouillis d'une grotte artificielle, derrière la vitre épaisse du terrarium.

Couturier chercha le bureau de Gaston Royer, le directeur du zoo. Par chance, il était là et le reçut sur-le-champ. Le brigadier lui expliqua l'affaire en quelques mots sans donner trop de détails. La police voulait savoir s'il leur arrivait de prélever le venin de leurs serpents. Gaston Royer fronça les sourcils, puis secoua la tête :

– Pas chez nous. Nos serpents sont là pour le public.

– Mais quelqu'un serait-il capable de le faire ?

– Loïc, je suppose.

– Qui est-ce ?

– Loïc Pétrus, le soigneur du département des reptiles.

– Vous avez confiance en lui ?

– En ce qui concerne les serpents, entièrement. Pour le reste… Il a fait de la prison il y a quelques années. Il avait volé du matériel hi-fi dans un magasin mais, franchement, je crois qu'il a tourné la page. En tout cas, je l'espère. Des types qui aiment les serpents comme lui, ça ne court pas les rues.

– Pourrais-je le voir ? demanda le brigadier.

– Il doit être dans la partie réservée au personnel, je vous accompagne.

La première chose que Couturier pensa en voyant Loïc Pétrus était qu'il ressemblait à un magnifique serpent : un visage triangulaire aux yeux verts très écartés, et pratiquement dépourvus de cils et de sourcils. Même son grand corps souple aux épaules tombantes évoquait le reptile. Malgré tout, l'homme était beau, étrange mais beau.

Le policier l'interrogea et obtint ce qu'il voulait. Pétrus avait effectivement prélevé une bonne dose de venin de la vipère de la mort, pour la bonne raison qu'on le lui avait demandé. « On » était resté anonyme et avait passé commande par lettre. « On » avait besoin du venin pour fabriquer un médicament afin de soigner un garçon atteint d'une maladie très grave et très rare. En échange de trois cents euros, Pétrus avait accepté de le croire. Il n'avait malheureusement pas conservé la lettre, pas plus qu'il n'avait eu l'occasion de rencontrer son commanditaire. L'échange s'était fait discrètement dans une cabine téléphonique qu'on lui avait indiquée, sans que personne n'ait eu besoin de se voir.

Yannick Couturier demanda au soigneur de l'accompagner au commissariat. Il l'arrêtait pour complicité d'assassinat.

– Je vous aurais pas raconté tout ça, si j'avais été au courant que le venin servirait à tuer une femme ! se défendit Pétrus, effondré, tandis que le policier lui passait les menottes.

## Le Samovar

**Mercredi 26 octobre, 10 h 22**

Pour une fois, la météo n'avait pas menti. Le ciel était en train de se dégager, il y avait même quelques rayons de soleil. Pour fêter ça, Lou avait ressorti ses bottes zébrées et enfilé une robe d'été couleur crème, qu'elle avait réchauffée avec un débardeur en laine vieux rose et de gros collants assortis. C'est dans cette tenue quasi printanière qu'elle débarqua au *Samovar* et faillit heurter Églantine Zondac qui arrivait au même moment. Lou la salua cordialement en lui tenant la porte. La vieille dame aux cheveux blancs tirant sur le violet était une habituée du magasin.

Depuis le seuil, l'adolescente chercha son oncle du regard et lui fit un petit signe de tête agrémenté d'un clin d'œil. Constantin comprit le message et alla sur-le-champ se terrer dans l'arrière-boutique. La manœuvre passa inaperçue à Mme Zondac qui demanda à Lou où était son oncle. Celle-ci lui servit l'un des mensonges rituels :

– Il est chez un client.

Elle aurait aussi bien pu prétendre qu'il était parti au port réceptionner une livraison, ou en Russie retrouver sa cousine, ou encore au diable pour échapper à son admiratrice. La pauvre Églantine était en effet folle de lui. Tout avait commencé le jour où Constantin avait retrouvé son chat perdu. Ça avait été le début d'une grande passion à sens unique.

– Ce n'est pas grave, je repasserai demain, dit la vieille dame en cachant mal sa déception.

– Très bien, sourit Lou en la poussant gentiment vers la sortie.

Une fois Églantine dans la rue, la jeune fille s'écria :

– Tu peux sortir de ta tanière, vieil ours mal léché !

– Retourne le panneau, au cas où elle changerait d'avis, grogna Constantin en rejoignant sa nièce.

Lou accrocha sur la porte la pancarte portant l'énigmatique inscription : *Le Samovar est fermé jusqu'à ouverture.* C'est elle qui avait inventé cette formule qui permettait à son oncle de pratiquer les horaires les plus variés et fantaisistes possible.

– Alors ce Tommy, vous l'avez repéré ? demanda Constantin qui n'avait pas revu sa nièce depuis la veille.

– Ce n'était pas une bonne idée, il y avait trop de monde. On ne sait même pas à quoi il ressemble et les types qu'on a questionnés pouvaient très bien nous mentir.

La clochette du *Samovar* tintinnabula. Constantin jeta un regard soupçonneux vers la porte. Qui osait braver la pancarte ? La tête rousse de Stan fit son apparition, les joues aussi rouges que ses cheveux.

– J'ai trouvé les mails de Tommy ! Lui et Pomme n'ont pas arrêté de s'écrire.

Lou le regarda, l'air ébahi :

– Mais Francis n'a pas vu de mails dans son ordinateur !

– Il n'a pas cherché là où il fallait. Pomme conservait des courriers, dont les lettres de

Tommy et ses réponses, sur un service de messagerie électronique.

– Un service de messagerie ? Qu'est-ce que c'est ? questionna Constantin pour qui l'informatique tenait du film chinois non sous-titré.

Stan expliqua à toute vitesse :

– C'est un système qui permet au propriétaire d'un compte de retrouver rapidement ses messages sans avoir à les stocker dans son ordinateur. On peut aussi y enregistrer des fichiers. Pour les consulter, il suffit de se connecter au service, d'entrer son nom d'utilisateur et son code secret.

– Et comment as-tu trouvé son code secret ? demanda Lou, admirative.

– J'ai pataugé.

– Mais encore ?

– J'en ai essayé plusieurs : *Pomme, Port d'Amar, Jules Verne, Amélie, Tommy…*

– Tommy ? !

– Eh oui, pourquoi pas ? Mais ce n'était pas ça.

– C'était quoi ?

– *Ervil.*

– Ervil ?

– Livre, en verlan.

– Stanichou, tu es un génie ! hurla Lou en lui sautant au cou.

Le garçon la repoussa gentiment, mais fermement.

– Ne perdons pas de temps, maintenant il faut les lire.

– Tu ne l'as pas fait ?

– Je suis venu tout de suite.

– Au travail alors ! commanda Constantin.

Stan et Lou s'installèrent à côté du Russe, puis le garçon sortit de la poche de sa veste les mails pliés en quatre qu'il avait imprimés avant de partir. En haut de chaque message figurait la date d'envoi, et les adresses mail de l'expéditeur et du destinataire. Celle de Tommy était « tommy@bluewin.ch », une adresse effectivement suisse, « ch » étant les initiales de la Confédération Helvétique. L'adresse de Pomme était « pomme.daumier@lycee-jules-verne.fr », preuve que la documentaliste écrivait bien ses mails depuis l'ordinateur du CDI.

– Je vais vous les lire à voix haute, proposa Lou.

Les premiers messages leur permirent de comprendre que Pomme et Tommy s'étaient rencontrés par Internet sur un forum consacré aux livres. Ils avaient d'abord parlé bouquins, puis très vite d'eux-mêmes. Ils correspondaient à peu près tous les deux ou trois jours, mais jamais très longuement. Au début, ils étaient un peu timides, puis de moins en moins.

Pomme racontait son enfance à Paris, son arrivée à Port d'Amar, son travail de documentaliste qui la passionnait. Tommy racontait son enfance en Suisse, évoquait sa mère, jamais son père, son travail de pilote, ses missions pour l'Onu au Kosovo, en Ouzbékistan, au Tadjikistan ou ailleurs. Il disait acheminer vivres, médicaments, matériel ou hommes, sans trop s'étendre sur les détails.

Lou lisait leurs missives comme les dialogues d'une pièce de théâtre, en y mettant le ton :

*De : Tommy*
*À : Pomme*
*Objet : Te connaître*
Comment es-tu, physiquement ?

*De : Pomme*
*À : Tommy*
*Objet : Re : Te connaître*
Et toi ?

*De : Tommy*
*À : Pomme*
*Objet : Re : Re : Te connaître*
Je mesure 1,75 m, je suis châtain. Et toi ?

*De : Pomme*
*À : Tommy*
*Objet : Re : Re : Re : Te connaître*
Je mesure 1,60 m, j'ai les cheveux acajou et je ne suis pas jolie.

– Quelle idiote ! lâcha Lou.

*De : Tommy*
*À : Pomme*
*Objet : Le plus beau dans la vie*
J'adore la lecture et marcher au bord de l'eau. Quand j'étais petit, j'habitais près de la mer.

*De : Pomme*
*À : Tommy*
*Objet : Re : Le plus beau dans la vie*
Je croyais que tu avais grandi en Suisse ! Il n'y a pas la mer là-bas.

*De : Tommy*
*À : Pomme*
*Objet : Re : Re : Le plus beau dans la vie*
Le lac Léman est comme une mer, tu ne trouves pas ?

*De : Pomme*
*À : Tommy*

*Objet : Ton paysage*
Je ne connais pas le lac Léman. Où es-tu en ce moment ?

*De : Tommy*
*À : Pomme*
*Objet : Re : Ton paysage*
En ce moment, je suis à Genève, il pleut. Et chez toi, à Port d'Amar ?

*De : Pomme*
*À : Tommy*
*Objet : Re : Re : Ton paysage*
Il pleut aussi, un peu.

*De : Tommy*
*À : Pomme*
*Objet : Cadeau !*
Surveille ta boîte aux lettres.

*De : Pomme*
*À : Tommy*
*Objet : Re : Cadeau !*
C'est le plus beau parapluie que j'aie jamais eu de ma vie ! J'espère qu'il va pleuvoir. Merci.

– Le parapluie rose ! murmura Lou.
– Quel parapluie rose ? demanda Stan.

– Je t'expliquerai.

Lou reprit, impatiente.

*De : Tommy*
*À : Pomme*
*Objet : Les parapluies et moi*
Quand j'étais petit, ma mère m'obligeait à rester à la maison les jours de pluie, elle avait peur que j'attrape un rhume. Depuis, je sors à la première goutte. J'ai une très belle collection de parapluies de toutes les couleurs de l'arc-en-ciel.

*De : Pomme*
*À : Tommy*
*Objet : Re : Les parapluies et moi*
Moi, ma mère m'obligeait à sortir par tous les temps. Elle détestait me voir rester à la maison à bouquiner. J'ai envie de te rencontrer.

Lou fit une pause. Elle se sentait tout à coup mal à l'aise.

– Vous croyez pas qu'on est indiscrets, là ?

Constantin grommela :

– Bien entendu, mais on est obligés. Continue !

Lou obéit.

*De : Pomme*
*À : Tommy*
*Objet : Te voir*
Quand pouvons-nous nous rencontrer ?

*De : Tommy*
*À : Pomme*
*Objet : Kosovo*
Je pars en mission au Kosovo demain. Je ne sais pas quand je rentre… Plus tard ?

*De : Pomme*
*À : Tommy*
*Objet : Te voir, j'insiste !*
*Pièce jointe : pdh234*
Envoie-moi ta photo, voici la mienne.

*De : Tommy*
*À : Pomme*
*Objet : Re : Te voir, j'insiste !*
Tu serais déçue, je ne suis pas l'Apollon du Belvédère. D'ailleurs, je n'ai pas de photo de moi.

*De : Pomme*
*À : Tommy*
*Objet : Re : Re : Te voir, j'insiste !*
Fais-moi un dessin !

*De : Tommy*
*À : Pomme*
*Objet : Re : Re : Re : Te voir, j'insiste !*
Je ne sais pas dessiner.

*De : Pomme*
*À : Tommy*
*Objet : Re : Re : Re : Re : Te voir, j'insiste !*
Je suis sûre que tu me plairas.

*De : Tommy*
*À : Pomme*
*Objet :*
Comment peux-tu le savoir ?

*De : Pomme*
*À : Tommy*
*Objet : Re :*
Je te connais mieux que tu ne le crois.

– Quoi ? Qu'est-ce qu'elle veut dire ? s'écria Lou. J'ai des frissons partout !
– Lis la suite ! la somma Stan.

*De : Tommy*
*À : Pomme*
*Objet : Re : Re :*
Qu'est-ce que tu veux dire ?

– Il se pose la même question que toi, s'amusa Constantin.

*De : Pomme*
*À : Tommy*
*Objet : rendez-vous*
Retrouvons-nous à Port d'Amar mardi soir au concert de Keren Ann, devant l'entrée du Festi-Musik. J'aurai le parapluie rose. Et surtout, fais-moi confiance ! Je me fiche que tu sois pilote ou éboueur, beau ou laid.

C'était le dernier mail que Stan avait récupéré. Il avait été envoyé vendredi après-midi, à seize heures, soit quelques heures avant la mort de Pomme. Lou reprit la correspondance et relut le mail qui l'avait tant secouée :

– *Je te connais mieux que tu ne le crois.* Je n'en reviens pas ! Qu'est-ce que ça signifie exactement ?

– Pour moi, c'est un message subliminal pour lui faire comprendre quelque chose, déclara Stan.

– Quoi ?

– Pomme sait qu'il n'est pas ce qu'il prétend être, et elle veut le lui dire de cette manière.

– Tu crois que Tommy n'est pas vraiment suisse, pas vraiment pilote à l'Onu, qu'il n'a pas vraiment vingt-neuf ans et qu'il n'est pas vraiment châtain, c'est ça ? décoda Lou.

– À peu de chose près. Il y a peut-être du vrai dans ce qu'il raconte, mais l'essentiel est faux. Et Pomme l'a découvert. Et en plus, elle connaissait sa vraie identité.

– Stan a raison, intervint Constantin. Si Tommy était celui qu'il prétend être, pourquoi s'obstinerait-il à refuser de lui envoyer sa photo ?

– Parfaitement ! renchérit Stan. C'est quand même sûrement pas Elephant Man, ce type.

Et Constantin d'ajouter :

– Et du jour où Pomme l'a obligé à se dévoiler, elle a été assassinée.

– Tu penses qu'il l'aurait tuée parce qu'elle l'avait démasqué ? demanda Lou, l'air contrarié.

– Possible, fit son oncle.

– Mais Pomme lui a écrit : *fais-moi confiance.* On ne tue pas quelqu'un qui vous dit une chose pareille !

Mais Lou savait que c'était faux et qu'il arrive même qu'une personne tue quelqu'un qu'elle aime ou qui l'aime.

– Si Pomme a découvert la véritable identité

de Tommy, on devrait pouvoir y arriver nous aussi, assura-t-elle.

– Bien sûr, avec l'adresse IP ! exulta Stan.

– C'est quoi ?

– Tous les comptes mails doivent avoir une adresse IP qui reprend les coordonnées du propriétaire. Normalement, je peux la retrouver sans problème.

– Allons-y tout de suite alors ! s'impatienta Lou en attrapant sa veste qu'elle avait balancée sur le dossier d'une chaise en arrivant.

Une fois seul, Constantin s'enfonça dans son fauteuil, déplia ses grandes jambes et lissa sa moustache. Ainsi Tommy n'était a priori pas Tommy ! Mais qui donc était-il alors ? Un voisin ? Un collègue ? Le boulanger chez qui Pomme achetait le pain tous les soirs en rentrant du lycée ? Et pourquoi avait-il usé de ce stratagème compliqué pour entrer en contact avec elle ? Était-il amoureux ? Avait-il tant de mal que ça à déclarer sa flamme ?... Par une étrange association d'idées, Constantin songea à Mme Rose. Était-elle sérieuse quand elle prétendait vouloir devenir psychologue ? Il ne savait pas quoi penser de cette idée, mais il s'était souvent demandé avec pas mal d'inquiétude si elle resterait à la Maison Jaune quand Lou serait partie... Que deviendrait-il sans Mme Rose ?

## Maison des O'Connor

**Mercredi 26 octobre, 12 h 34**

En l'absence de son maître, Santiago avait creusé un trou dans le matelas et s'était glissée à l'intérieur. Stan était parti si vite après avoir imprimé les mails de Pomme qu'il avait oublié de remettre la souris blanche dans sa cage. En revenant dans sa chambre avec son amie, l'adolescent s'était à nouveau rué sur son ordinateur sans même penser à Santiago qui continuait à profiter de sa cachette.

– Je n'y arrive pas ! lâcha Stan, dépité, au bout de quelques minutes.

– Tu plaisantes ?

– Il a masqué son adresse IP en passant par un développeur de script. Même la police ne peut pas te retrouver dans ce cas-là.

– M… ! jura Lou. Qu'est-ce qu'on fait ?

– On déjeune, je meurs de faim.

– Pas moi, tu m'as coupé l'appétit.

– Tu exagères ! Je n'y suis pour rien si ce type a caché son adresse.

– De toute façon, si ça se trouve, Tommy n'a rien à voir avec la mort de Pomme, décréta Lou, découragée. Je ne sais pas pourquoi on s'acharne sur lui.

– Parce que c'est notre seule piste, et qu'un gars normal n'aurait pas eu besoin de se planquer à ce point. Viens, on va déjeuner chez toi, je préfère.

Lou aussi préférait. Mme Rose était une telle cuisinière, qu'avec ou sans faim, tout ce qu'elle préparait se laissait manger.

Ils partaient lorsque le regard de Stan tomba sur la cage désertée. Il s'exclama :

– Santiago a filé !

– Forcément, tu as laissé la cage ouverte, constata Lou.

– Il faut que je la retrouve ! Si ma mère la voit dans le salon, elle la jettera dans les toilettes.

– Elle ferait ça ?

– Dans le doute, je préfère la récupérer.

– Pendant que tu cherches, je mets mes notes à jour, annonça Lou en sortant son carnet noir de sa poche.

*Tommy et Pomme correspondaient par mails*
*et il lui a offert un parapluie rose.*
*Notre hypothèse : Tommy n'était pas pilote à*
*l'Onu et Pomme avait fini par le découvrir.*
*On pense même qu'elle le connaissait.*
*Il vit peut-être à Port d'Amar ?*
*Questions : Pourquoi Tommy voulait-il cacher*
*sa véritable identité ? Qui est-il ???*

Santiago était trop bien dissimulée. Stan se résigna et suivit Lou à la Maison Jaune. Il prit la précaution de fermer la porte de sa chambre, et tenta d'en interdire l'accès en affichant sa pancarte préférée : *No pasarán**.

## Maison Jaune

**Mercredi 26 octobre, 14 h 13**

Après le déjeuner, Mme Rose convainquit Lou d'aller travailler. L'adolescente ne protesta pas. Primo, la piste Tommy tournait au cul-de-sac, ils ne savaient plus où chercher. Deuzio, elle pourrait profiter de la présence de Stan pour s'attaquer aux maths. Ils montèrent dans sa chambre.

– Tu veux que je fasse tes exos de maths ? proposa Stan.

– Comment as-tu deviné ?

– Je te connais comme si je t'avais faite.

– Prétentieux ! fit Lou en déposant un baiser sur la joue de son ami. Tiens, voilà mon bouquin.

Stan se mit au travail. Pour lui, c'était un jeu d'enfant. Pendant ce temps, Lou décida de

* « Ils ne passeront pas » en espagnol : célèbre mot d'ordre des Républicains pendant la guerre d'Espagne.

jeter un œil sur les romans d'Oscar Kosma qu'elle avait rapportés de chez Pomme. Elle s'allongea sur son lit, commença à feuilleter *La Cerise sur le gâteau*, puis l'ouvrit à la toute première page. Les auteurs faisaient souvent des dédicaces : *À ma mère qui m'a mise au monde, à papa, à Élio, à Minouchette*… et cela intéressait toujours Lou.

Cette fois, il y avait bien une dédicace, mais elle était écrite à la main avec un stylo à plume à encre verte.

*À Pomme, ma muse qui m'a prêté sa vie*

*Vendredi 21 octobre*

C'était signé Oscar Kosma. Lou relut plusieurs fois la phrase, le cœur battant. Ainsi, ils se connaissaient très bien ! On n'écrit pas : *à ma muse qui m'a prêté sa vie* à quelqu'un qu'on vient de croiser dans la rue. Ils s'étaient vus le vendredi 21 octobre, la veille de la mort de Pomme ! Pourquoi pas le soir de sa mort ? Pourquoi pas quelques minutes, voire quelques secondes avant sa mort ? Le cerveau de Lou était en ébullition.

– Stanley, j'ai quelque chose à te montrer ! dit-elle d'une voix faussement tranquille.

– Stan, pas Stanley, soupira l'adolescent. Fais voir !

Lou lui donna le livre, il lut la dédicace.

– Et si c'était lui, le blond à lunettes ? lança-t-il.

– Il y a sûrement des photos de Kosma dans le dossier de presse que j'ai pris chez Pomme.

Il y en avait deux. L'une représentait Oscar au moment de la parution de son premier roman *Paradis Plage*. Il n'avait que dix-sept ans. On y voyait un adolescent à l'air fâché, comme s'il n'avait pas eu envie de prendre la pose. Il avait les cheveux blonds, coupés très court, le front haut, le nez droit et portait des lunettes à verres carrés qui ne lui allaient pas. Le deuxième cliché, récent, montrait un jeune homme à la mine contrariée. Il était toujours blond, mais ses cheveux avaient beaucoup poussé et il les coiffait désormais en arrière. Il avait changé de lunettes, les nouvelles étaient rondes et lui allaient mieux. Jeune ou un peu moins jeune, il ressemblait de manière frappante au portrait-robot.

– C'est lui ! conclut Lou, avant d'ajouter sur le ton d'une déclaration solennelle : Oscar Kosma est venu chez Pomme vendredi soir et l'a peut-être tuée.

– Pourquoi un type qui dédicace son livre à une femme qu'il appelle sa muse irait l'assassiner dans les minutes qui suivent ? observa Stan avec sa logique coutumière.

– Il a écrit : *à ma muse qui m'a prêté sa vie.* Ça sonne comme un aveu, non ?

– Il n'a pas écrit : *à ma muse à qui j'ai volé la vie.* Il dit qu'elle la lui a prêtée, nuance !

– C'était juste pour éviter de se faire coffrer. Viens, on fonce au commissariat montrer ça à Francis. On appellera Constantin de là-bas.

## Commissariat de Port d'Amar

**Mercredi 26 octobre, 15 h 33**

Francis Morel demanda immédiatement à Yannick Couturier de lui trouver l'adresse d'Oscar Kosma. Cette nouvelle piste était de première importance. L'écrivain avait peut-être tué Pomme ou s'il ne l'avait pas fait, il était possible qu'il ait croisé l'assassin.

En attendant que Couturier les renseigne, les jeunes détectives et le brigadier feuilletèrent le dossier que Pomme avait constitué sur l'écrivain. Ils apprirent qu'Oscar Kosma avait écrit *Paradis Plage* en 1999 alors qu'il était en terminale. Les critiques littéraires avaient crié au génie et il avait reçu un prix pour son ouvrage, le Prisma des lycéens.

De 1999 au mois de septembre de cette année 2005, il n'avait rien publié. Les journalistes disaient alors de lui qu'il n'avait été qu'un feu de paille, non un véritable écrivain. C'était méchant, parfois cruel. Et puis en septembre, le jeune homme avait sorti *La Cerise sur le gâteau*. Le roman avait reçu un très bon accueil et était déjà en lice pour plusieurs prix.

Couturier revint avec les coordonnées de Kosma, ou plus exactement l'adresse où il se trouvait en ce moment. Le policier l'avait obtenue par son éditeur, mais cela n'avait pas été facile de la lui arracher. Oscar Kosma était dans une maison de repos, en banlieue parisienne, depuis samedi matin. Francis Morel fonça en direction du parking et jeta ses grandes jambes sous le volant d'une des voitures du commissariat.

## Clinique des Bons Pères, banlieue parisienne

**Mercredi 26 octobre, 20 h 19**

– Désolé, mais M. Kosma n'est pas en état de vous recevoir, annonça le Dr Lepage.

– Pourquoi ? demanda Francis Morel, suspicieux.

– Il souffre d'une grave dépression et est

actuellement sous traitement. Vous ne pouvez absolument pas lui parler.

– Une dépression ? s'étonna le policier. Je suis cependant au regret de vous dire que M. Kosma est cité comme témoin dans une affaire de meurtre. Alors dépression ou pas, j'exige de le rencontrer.

Le médecin se renfrogna, il n'avait pas l'habitude qu'on s'adresse à lui sur ce ton.

– En tant que médecin personnel d'Oscar Kosma, je vous le répète : c'est strictement impossible. D'ailleurs, il est incapable de parler.

– Tiens donc !

– M. Kosma a tenté de mettre fin à ses jours, révéla le Dr Lepage.

Morel encaissa le coup. Une tentative de suicide ! Était-ce un aveu de culpabilité ?

– Très bien, je patienterai. En attendant, je vais poster un agent devant sa chambre.

Le médecin haussa les épaules, l'air indifférent.

– Encore une question, reprit le brigadier. Oscar Kosma est-il gaucher ?

– Aucune idée.

– Hum ! Dommage.

## Maison Jaune

**Mercredi 26 octobre, 21 h 47**

Le téléphone sonna dans le salon. Lou se rua sur le combiné. C'était Francis. Elle appela Constantin et brancha le haut-parleur. Le brigadier leur raconta sa visite à la clinique des Bons Pères. L'adolescente avait du mal à croire ce qu'elle entendait. Quelle terrible histoire ! Constantin tira les mêmes conclusions que le policier. Ne pouvant plus supporter le poids de sa culpabilité, Oscar Kosma avait peut-être tenté de mettre fin à ses jours.

Lou téléphona à Stan pour le tenir au courant. Il se montra plus réservé. Quel pouvait être le mobile de l'écrivain ? Puis il annonça à son amie qu'il avait retrouvé Santiago dans son matelas. Sa mère était furieuse car la souris avait creusé un énorme trou.

## Maison Jaune

**Jeudi 27 octobre, 6 h 36**

Lou se réveilla à l'aube. N'arrivant pas à se rendormir, elle prit *La Cerise sur le gâteau* sur sa table de nuit et commença à le lire. Dès les premières pages, elle fut happée par les mots de Kosma :

*Ma mère avait tout pour elle : la beauté, le talent et, du jour où elle épousa mon père, la fortune. Mais il lui manquait l'enfant, le faire-valoir.*

*Il lui fallut dix années et plusieurs traitements pour y parvenir. Dix ans, c'est long pour une femme pressée qui voit son visage se flétrir. Mais, enfin, je naquis dans une clinique parisienne. On me baptisa Cerise. J'étais la cerise sur le gâteau de ma mère.*

*Hélas, très vite elle déchanta : en grandissant, je me révélai vilain petit canard.*

La suite, Lou la dévora en moins d'une heure. *La Cerise sur le gâteau* racontait, elle en était presque sûre, l'histoire de Pomme Daumier. Certes, Pomme était devenue Cerise – on restait malgré tout dans les fruits –, mais il y avait tant de similitudes entre la vie de Pomme et celle de Cerise ! La mère glaciale du roman, incapable d'embrasser sa fille, rappelait étrangement celle de Pomme dont Amélie leur avait parlé. Même le père loukoum, trop doux, trop mou, incapable de tenir tête à sa femme, Lou l'avait retrouvé dans *La Cerise sur le gâteau.*

Était-ce cela le sens caché de la dédicace : *À Pomme, ma muse qui m'a prêté sa vie* ? Mais Pomme avait-elle prêté sa vie au romancier en la lui racontant, ou la lui avait-il volée sans sa permission ?

Dans les deux cas comment s'y était-il pris ? L'avait-il rencontrée et interviewée ? Avaient-ils eu une correspondance ? Dans cette hypothèse, Pomme l'avait peut-être conservée comme ses mails. Il fallait que Lou demande à Stan de chercher.

## Maison des O'Connor

**Jeudi 27 octobre, 8 h 12**

Après le coup de téléphone de Lou, Stan retourna sur la messagerie où Pomme archivait ses documents. Il tapa le nom d'utilisateur, le mot de passe, et fit défiler les fichiers enregistrés par la jeune femme. La plupart était des documents sur les auteurs. Pomme avait en stock des dossiers très complets sur quantité d'écrivains. Il ouvrit celui portant le nom d'Oscar Kosma. Il contenait des articles sur lui, notamment ceux que Pomme avait imprimés pour Lou.

Stan découvrit également un sous-dossier intitulé : *Lettre à Kosma.* Le mot *lettre* était au singulier, mais la missive devait être très longue étant donné le nombre d'octets affichés. Stan cliqua sur le fichier.

*Pomme Daumier*
*16, rue des Feuillantines*
*75005 Paris*

*Oscar Kosma*
*Aux bons soins*
*des Éditions du Rosier*
*22, rue des Quatre-Vents*
*75006 Paris*

*Paris, le 25 mai 2003*

*Cher Monsieur Kosma,*

*Votre roman* Paradis Plage *m'a bouleversée. C'est l'un des plus beaux textes que j'aie jamais lus.*

*J'imagine sans peine combien vous devez être sollicité, mais si vous aviez un peu de temps, je vous serais très reconnaissante de lire ce court roman que j'ai intitulé* La Tarte aux pommes. *Si par chance il vous plaisait, je trouverais alors le courage de l'envoyer à un éditeur.*

*Avec toute mon admiration,*

*Pomme Daumier*

*Document joint :* La Tarte aux pommes

Stan imprima la lettre ainsi que le roman joint, qui faisait une cinquantaine de pages, puis il fonça à la Maison Jaune.

## Maison Jaune

**Jeudi 27 octobre, 9 h 59**

Lou venait de terminer *La Tarte aux pommes*, et Stan achevait *La Cerise sur le gâteau*. L'adolescente avait du mal à en croire ses yeux. Les deux récits étaient identiques à deux différences près : le prénom de l'héroïne et la qualité du récit. *La Tarte aux pommes* n'aurait jamais trouvé un éditeur, *La Cerise sur le gâteau* pouvait devenir un best-seller.

## Commissariat de Port d'Amar

**Jeudi 27 octobre, 10 h 27**

Francis Morel reçut Lou et Stan dans son bureau, et les écouta attentivement. L'hypothèse des jeunes détectives était simple et rejoignait ce que Amélie Taupin leur avait déjà dit : Oscar Kosma avait reçu le manuscrit de Pomme Daumier, l'avait lu et lui avait répondu que son texte n'était pas publiable. Pomme l'avait cru et avait enterré son récit.

Seulement, Oscar Kosma ne l'avait pas enterré, lui. Il s'en était même abondamment inspiré pour écrire son deuxième roman.

Certes, il y avait une grande différence de style entre les deux textes, mais l'histoire et les personnages étaient identiques.

– Voilà ce qui a pu se passer, continua Lou. Pomme a lu *La Cerise sur le gâteau*. Elle a eu un choc et a aussitôt contacté Kosma en exigeant une explication. Il s'est défendu, mais Pomme était furieuse et l'a menacé de révéler l'affaire.

– Et pour la faire taire, il l'aurait tuée, c'est ça ? demanda le policier.

– Exact. Sinon sa carrière était fichue, assena Lou.

– Radical, observa Francis.

– Mais pris de remords, il aurait cherché à se suicider ? compléta Stan, dubitatif.

– Tu n'as pas l'air convaincu, s'étonna son amie.

– Pourquoi Pomme t'aurait-elle conseillé d'écrire la biographie d'un auteur qu'elle était censée détester ? Ce n'est pas logique.

Lou fit la grimace. L'objection de Stan était recevable.

– Je retourne à la clinique des Bons Pères, déclara Morel en se levant. Kosma s'est peut-être réveillé.

En sortant, il heurta Yannick Couturier qui lui rappela que la messe à la mémoire de

Pomme Daumier avait lieu à quatorze heures à l'église Sainte-Catherine.

– Pas le temps, je fonce à Paris, lança Francis. Mais allez-y tous les trois.

## Église Sainte-Catherine

**Jeudi 27 octobre, 14 h 32**

La mère de Pomme n'avait pas menti, la famille Daumier avait beaucoup de relations. La petite église Sainte-Catherine était bourrée à craquer et les fleurs abondaient. Lou et Stan s'étaient installés sur un banc au sixième rang, tandis que le brigadier Couturier était resté debout dans le fond. Le policier n'était là que pour des raisons professionnelles contrairement aux jeunes détectives. Quand le prêtre parla de Pomme, brièvement mais affectueusement, Lou se sentit très émue. Il évoqua l'enfance de la jeune femme, ses racines à Port d'Amar, son attachement à son travail de documentaliste, et la manière dont elle avait été brutalement rappelée à Dieu.

Au moment où tout le monde se levait et s'avançait vers l'autel pour communier, Lou crut reconnaître M. et Mme Daumier qu'elle n'avait pourtant jamais vus. La femme avait la même somptueuse chevelure acajou que Pomme, mais elle était bien plus élégante que sa fille. Elle avançait la tête haute, le regard fixe, légèrement hautain. Le père, un petit homme chauve enveloppé dans un pardessus noir, était tout à fait différent. Sur son visage, Lou devinait un immense chagrin. Leur attitude respective correspondait à ce qu'Amélie Taupin leur avait confié au sujet des parents de la documentaliste.

L'adolescente reconnut également M. Delachaux et son épouse.

– Tu as vu, le proviseur et sa femme sont là, chuchota-t-elle à l'oreille de Stan.

– Oui, et M. Stanford aussi, ajouta son ami qui avait aperçu le professeur d'anglais dans l'assistance.

– Est-ce qu'il y a d'autres personnes du lycée ?

– Je n'ai pas l'impression. Il semblerait que les collègues de Pomme ne se soient pas bousculés pour venir.

– Peut-être qu'ils sont en vacances. Tiens, voilà Amélie, remarqua Lou en désignant du menton la voisine de Pomme. Tu as vu, elle est en blanc.

À la fin de la messe, les deux adolescents se dirigèrent vers la porte à pas lents, car l'église était en train de se vider. Soudain, Lou aperçut son professeur de français, Marin Bellec. Contrairement aux autres, il n'avait pas l'air pressé de regagner la sortie et se tenait debout, immobile devant sa chaise, les yeux baissés. Delachaux et Stanford n'étaient donc pas les seuls à s'être déplacés. L'œil de Lou fut attiré par une rose que l'homme tenait à la main. C'était une fleur d'un rose particulièrement vif. Par une curieuse association d'idées, Lou repensa à ce jour pluvieux où Marin Bellec avait suivi du regard le parapluie rose bonbon qui naviguait dans la cour, le parapluie que Tommy avait offert à Pomme. Décidément, cette couleur plaisait au professeur, pensa Lou. C'était touchant de sa part d'être venu à l'église avec une jolie fleur.

## Clinique des Bons Pères

**Jeudi 27 octobre, 17 h 26**

Oscar Kosma n'avait pas bonne mine. Il était aussi pâle que les draps de son lit, ses cheveux blonds étaient en désordre et il n'avait pas été rasé depuis son arrivée à la clinique, six jours plus tôt. Quant à ses petites lunettes rondes, elles étaient tellement sales que Francis Morel se demandait comment le jeune homme pouvait encore y voir.

Cela faisait à peine une heure qu'Oscar était sorti de l'état d'hébétude où les médicaments du Dr Lepage l'avaient plongé, mais il avait accepté sans difficulté de rencontrer le policier venu de Port d'Amar.

– Savez-vous pourquoi je suis là ? commença Morel.

– Je n'en ai aucune idée.

– Vous connaissez Pomme Daumier ?

Le visage du romancier blêmit encore un peu plus.

– Heu… oui, un peu.

– Elle a été assassinée, assena froidement le brigadier.

– …

– Vous n'étiez pas au courant ?

– …

– Veuillez répondre à mes questions, monsieur Kosma. Le saviez-vous, oui ou non ?

L'écrivain avala sa salive avec difficulté, puis murmura :

– Non.

Le policier raconta la seringue bourrée de venin, le tatouage sur l'épaule, le corps gonflé de Pomme. Kosma l'écoutait, horrifié, les mains tremblantes. Morel aurait juré qu'il était sincèrement bouleversé.

– Quand avez-vous vu Pomme Daumier pour la dernière fois ? demanda-t-il.

Le regard du jeune homme se posa sur le brigadier. Ce dernier eut envie de lui retirer ses lunettes pour les nettoyer.

– Vendredi soir.

– À quelle heure ?

– Je ne sais pas… Il était peut-être dix heures et demie quand je suis parti, j'avais mon train à dix heures cinquante.

– Dix heures cinquante, vous êtes sûr ?

– Oui, je crois. Et il était à peu près une heure quand le taxi m'a déposé chez moi, à Paris.

C'était facile à vérifier. Et si Kosma était bel et bien dans le direct de vingt-deux heures cinquante, il était hors de cause : d'après Grodeck, le venin avait été injecté entre minuit et une heure du matin.

– Avez-vous vu quelqu'un rue des Dames en dehors de Pomme ?

– J'ai aperçu sa voisine par la fenêtre.

– En arrivant ou en partant ?

– En arrivant.

– Et en repartant, vous n'avez croisé personne ?

– Non.

Le brigadier était déçu.

– C'est certainement très indiscret, monsieur Kosma, reprit-il, mais pouvez-vous me dire pourquoi vous avez voulu vous tuer samedi dernier ?

Le jeune écrivain se passa la main sur le visage.

– J'avais honte.

– De quoi ?

– …

– C'est à cause de votre roman ? tenta le policier.

Oscar Kosma hocha la tête, malheureux.

– Il y a six ans, après la publication de *Paradis Plage*, on m'a encensé. J'étais le nouveau Radiguet[*], le nouvel espoir de la littérature française. Mais je n'avais que dix-sept ans.

Il soupira, l'air las, puis reprit :

– J'ai attrapé la grosse tête. Je faisais la fête, je claquais mes droits d'auteur, je n'écrivais plus une ligne. Mon éditeur m'a fait signer un contrat pour m'obliger à m'y remettre. Seulement je n'avais pas d'inspiration. J'étais sec, un vrai désert ! Je me suis mis à boire pour compenser.

* Célèbre écrivain du début du XXe siècle, mort à vingt ans après avoir écrit deux romans très connus dont le premier, *Le Diable au corps*, à dix-huit ans.

Morel gardait le silence, touché.

– Il y a un peu plus de deux ans, continua Kosma, Pomme Daumier m'a envoyé un manuscrit. C'était maladroit, mal construit, mais l'histoire était géniale. Je n'ai pas hésité : je lui ai volé toutes ses idées, comme un bandit !

– Et elle s'en est aperçue ?

Le romancier acquiesça, sa voix s'étrangla :

– Le pire c'est qu'elle ne m'en a pas voulu. Elle m'a même écrit pour me féliciter. Vous imaginez ? Me féliciter ! Elle m'a dit que j'avais fait de l'or avec son plomb. J'étais scié !

– Et soulagé, non ?

– Peut-être, reconnut le jeune homme. Pomme m'a demandé de venir la voir à Port d'Amar, elle voulait me proposer une histoire d'amour. Elle pensait qu'on pourrait recommencer à travailler ensemble. Elle m'apporterait les idées et moi je ferais le reste. J'ai accepté… à condition que son nom ne figure pas sur la couverture.

– C'est pour discuter de ce projet que vous êtes allé la voir vendredi dernier ?

– Oui. Son nouveau sujet était formidable, j'étais emballé. Seulement après, je suis rentré chez moi et j'ai eu honte, tellement honte. Vous avez déjà eu honte, monsieur Morel ?

– C'est pour cette raison que vous avez décidé de vous suicider ? interrogea Francis sans répondre.

Kosma acquiesça.

– Sans ma sœur, je ne serais sans doute plus là. Mais je suis content qu'elle m'ait sauvé. Cette histoire que Pomme m'a racontée, je dois l'écrire maintenant qu'elle est morte. Et il y aura son nom sur la couverture, au-dessus du mien vous pouvez me croire.

Francis Morel prit une grande inspiration. Oui, il avait envie de croire Oscar. Seulement il devait d'abord vérifier qu'il avait bien pris le train de vingt-deux heures cinquante, et pas celui d'après qui partait à minuit trente-trois…

## Le Samovar

**Vendredi 28 octobre, 11 h 31**

Lou, Stan et Constantin étaient réunis au *Samovar* quand Francis Morel les appela. L'adolescente appuya sur la touche haut-parleur du combiné.

– Oscar Kosma ne peut pas être l'assassin, balança-t-il comme une pierre dans un lac. Son alibi est en béton.

Il expliqua qu'avec le numéro de carte bancaire de l'écrivain, la gare de Port d'Amar avait retrouvé trace de l'achat du billet pour le train de vingt-deux heures cinquante à destination de Paris, vendredi 21 octobre. De plus, le contrôleur avait formellement reconnu le romancier. Le brigadier Couturier avait même retrouvé le chauffeur de taxi qui avait pris Kosma en charge à la gare Montparnasse, et l'avait déposé peu avant une heure à la porte de son immeuble. Le jeune homme ne pouvait vraiment pas avoir tué Pomme.

Pour le reste, Lou et Stan avaient eu raison. Le romancier avait effectivement pillé *La Tarte aux pommes* de la documentaliste. Sauf que la réaction de Pomme avait été très surprenante : elle l'avait félicité. Lou était comme Kosma : sidérée. Il fallait une bonne dose de modestie pour réagir ainsi.

– Et ce n'est pas tout. Elle lui a proposé de remettre ça et lui a donné le sujet de son prochain roman, ajouta le policier. Une histoire d'amour.

– Autobiographique, comme *La Cerise sur le gâteau* ? questionna Lou, toujours abasourdie, mais avec une idée derrière la tête.

– Il ne me l'a pas dit.

– Mais enfin, il fallait le lui demander ! s'énerva Lou.

Tout le monde la regarda d'un drôle d'air, y compris Morel à l'autre bout du fil.

## Sur la route de Paris à Port d'Amar

**Vendredi 28 octobre, 19 h 45**

Constantin était connu pour son naturel bourru, mais il avait une étonnante qualité : il faisait confiance à sa nièce en toute circonstance. C'est pourquoi il ne lui avait posé aucune question quand elle l'avait prié de la conduire en camionnette jusqu'à la clinique des Bons Pères. Il avait accepté, c'est tout.

Lou et Constantin étaient maintenant sur la route du retour. La jeune fille était assise à côté de son oncle et, malgré les mouvements du véhicule, elle notait sur son carnet les grandes lignes de l'histoire que Pomme avait proposée à Kosma.

*Pour la première fois de sa vie, un jeune homme rêveur et imaginatif tombe fou amoureux d'une jeune femme aux cheveux acajou. L'homme n'est pourtant pas si jeune, puisqu'il approche des 30 ans. Seulement jusqu'à ce jour, il a vécu sous cloche, comme une plante de serre, sous la coupe d'une mère possessive, ultra protectrice et maladivement inquiète. Dès le premier regard, la jeune femme a su conquérir son cœur assoiffé d'amour. Mais comment dire je t'aime à sa bien-aimée quand votre mère surveille chacun de vos faits et gestes, et vous menace de se laisser mourir si vous l'abandonnez pour une autre ? Semaine après semaine, l'amour enfle dans la poitrine de l'homme sans pouvoir s'exprimer. Jusqu'au jour où il imagine une ruse. Ce ne sera pas lui qui parlera à la femme, mais son double. Il s'invente un autre lui-même, plus courageux, plus audacieux.*

*Il contacte sa belle par le biais d'un site web sous le pseudonyme de Tommy. Il se dit pilote d'avion au service de l'Onu, sans cesse en mission aux quatre coins de la planète. La couverture est romantique et la femme séduite. Ils se rapprochent ainsi par mails interposés.*

*Un beau jour, Tommy ose offrir son premier cadeau : un parapluie rose bonbon, la couleur que sa mère déteste le plus au monde !*

*La femme est touchée.*

*Peu après, au hasard d'une promenade en ville, que voit-elle dans une boutique ? Un parapluie absolument identique. Elle enquête : la vendeuse lui décrit l'acheteur. Stupéfaction, la jeune*

*femme le reconnaît ! Tommy ne s'appelle pas Tommy, il n'est pas pilote, ne travaille pas à l'Onu, ne voyage pas à travers le monde. Il est professeur de français dans le lycée où elle est documentaliste, elle le voit tous les jours.*
*Et pourtant, jamais elle n'a su qu'il l'aimait.*
*En interrogeant son cœur, elle s'aperçoit qu'il lui plaît et ce, depuis le premier jour. Elle est bouleversée. Elle n'aime plus Tommy, elle aime ce professeur si timide et au fond si proche d'elle.*
*Elle décide alors d'arrêter ce jeu de cache-cache.*
*Elle lui propose un rendez-vous pour aller à un concert. Il s'inquiète, il a peur. Pour le rassurer, elle lui fait comprendre à mots couverts qu'elle a deviné qu'il n'est pas Tommy, le pilote. Il vient. Elle aussi avec son parapluie rose. Elle lui prend la main et l'entraîne.*

– Mais quelqu'un est arrivé armé d'une seringue, soupira Lou tout haut.

## Maison Jaune

**Samedi 29 octobre, 10 h 30**

Lou aperçut Stan par la fenêtre de sa chambre. Elle dégringola les escaliers et fonça lui ouvrir. Depuis l'entrée, elle appela

Mme Rose, Constantin et Morel qui attendaient dans la cuisine. L'adolescente invita tout le monde à venir au salon. Elle s'assit alors sur le tabouret du piano et commença la lecture de l'histoire de Pomme. C'était un peu solennel, mais Lou n'avait pas envie de faire circuler son carnet. Elle voulait lire le résumé à voix haute, comme Pomme l'avait sans doute fait à Oscar quelques heures avant sa mort.

On l'écouta sans l'interrompre, le cœur serré.

– Ça fera sûrement un joli livre, soupira Mme Rose en écrasant une larme du bout de son index.

– Ce professeur de français, tu le connais, Lou ? interrogea Francis.

– Il s'appelle Marin Bellec. Cela fait un petit moment que je me doutais que lui et Tommy étaient la même personne, mais je n'en étais pas sûre.

– Qu'est-ce qui t'as mise sur sa piste ? demanda Stan.

– La rose très rose qu'il tenait à la main lors de la messe à la mémoire de Pomme. Elle m'a rappelé quelque chose qui s'est passé juste avant les vacances. On était en cours et Bellec s'est arrêté de parler pour regarder le parapluie rose bonbon de Pomme dans la cour. On aurait dit qu'il avait eu une apparition.

– Tu crois que ce Marin Bellec pourrait être l'assassin ? questionna le brigadier.

Lou secoua la tête.

– Non, je n'ai pas du tout envie que ce soit lui, ce serait trop horrible.

Constantin se racla la gorge :

– Je ne voudrais pas tout mettre par terre, mais c'est Pomme qui raconte que le professeur de français est amoureux d'elle. Nous n'avons pas la version du professeur.

Tout le monde se tourna vers lui.

– Explique-toi ! le somma Lou.

– Ne me regardez pas comme ça ! se défendit le Russe. Je dis seulement que Pomme n'avait qu'une vision partielle de l'histoire, son point de vue à elle. Dans la réalité, Marin Bellec n'était peut-être pas l'amoureux transi qu'elle croyait.

Les sourcils froncés, Mme Rose déclara :

– Moi, je pense au contraire qu'il l'aimait. Seulement, il était pris en tenailles entre une mère ultra possessive et la jeune femme. Il a pu tuer cette femme pour garder l'amour de sa mère.

– Tu as lu ça dans un de tes bouquins de psychologie ? fit Lou, plus sèchement qu'elle ne l'aurait voulu.

Un bref silence, un peu gêné, s'installa. Puis Francis Morel demanda :

– Lou, sais-tu si Marin Bellec est gaucher ?

L'adolescente sentit les cheveux se dresser sur sa tête. Oui, il l'était ! Elle n'y avait même pas songé.

– Nous devons l'interroger, conclut le policier.

– D'accord, mais qu'est-ce que vous allez lui dire ? se crispa l'adolescente. « Salut Tommy ! Alors, c'est toi qui as assassiné Pomme étant donné que tu es gaucher ? »

Les rires fusèrent, Lou était vraiment de parti pris.

– Ce ne sera pas la peine d'être aussi direct, répondit Francis. Dans le cadre d'une enquête, il est logique d'interroger les collègues de la victime. D'ailleurs, Yannick Couturier l'a déjà fait, mais rien ne m'empêche de retourner lui poser une ou deux questions.

Mme Rose approuva :

– L'inspecteur Columbo fait ça très bien. Il harcèle les suspects jusqu'à ce qu'ils finissent par se trahir !

## Maison Jaune

**Samedi 29 octobre, 13 h 38**

Lou, Stan, Constantin et Mme Rose terminaient leur déjeuner quand on sonna à la porte. C'était à nouveau Francis Morel. Il faisait une drôle de tête. Lou l'entraîna dans la cuisine où tout le monde était encore assis à table.

– Il n'était pas chez lui. Sa mère m'a informé qu'il reviendrait tard dans la soirée, articula lentement le policier.

– Francis, vous ne nous dites pas tout ! s'exclama Mme Rose, l'air faussement sévère.

Le brigadier se frotta le visage pendant un moment.

– Sa mère, c'est Léonie Laroche, lâcha-t-il enfin.

– Léonie Laroche est la mère de Marin Bellec ? s'écria Lou. Mais pourquoi ils n'ont pas le même nom ?

– Elle a dû reprendre son nom de jeune fille, expliqua Constantin.

– Qui est Léonie Laroche ? demanda Stan.

– L'ancienne secrétaire en chef du commissariat de Port d'Amar, répondit le Russe. Elle a pris sa retraite vendredi.

– Et pourquoi ça vous met dans cet état ? questionna Stan en se tournant vers Francis.

– Parce que Léonie Laroche était très bien placée pour avoir accès au dossier top secret sur les meurtres d'Éliane Bombard et de Véronique Lequenoy.

– Le dossier que votre copain de la PJ vous a envoyé avant le meurtre de Pomme ? interrogea Constantin qui comprenait l'inquiétude du policier.

Francis opina.

– J'ai toujours pensé qu'il y avait eu une fuite, mais je n'imaginais pas que j'en étais responsable.

– Attendez, mon petit Morel, intervint Mme Rose. N'allez pas croire que tout est à cause de vous. L'assassin serait parvenu à ses fins avec ou sans votre dossier. Il aurait choisi une autre manière de tuer, voilà tout.

Le brigadier jeta à la gouvernante un regard reconnaissant.

– Je ne suis pas sûr de saisir, intervint Stan. Qui est le meurtrier ? Marin Bellec ou Léonie Laroche ?

– Léonie Laroche ! trancha Lou, catégorique.

– D'accord avec toi, approuva Mme Rose.

Constantin restait silencieux. Le tournant inattendu que prenait l'affaire le choquait profondément. Il avait toujours apprécié travailler avec Léonie Laroche lorsqu'il était au commissariat. Pourtant, il devait maintenant se rendre à l'évidence : il connaissait suffisamment son ancienne secrétaire pour savoir qu'elle était prête à tout pour garder son fils près d'elle, à tout...

Il murmura alors d'une voix blanche :

– Je suis du même avis. D'ailleurs, Léonie Laroche est gauchère.

– Son fils aussi, observa Stan.

Mais même Francis était d'avis que Léonie pouvait être l'assassin.

– Cette femme est aigrie, renfermée, elle a le sens de l'organisation et beaucoup de sang-froid. En revanche, elle n'est pas spécialement costaude, ce qui expliquerait le somnifère. Je n'arrive pas à comprendre qu'elle ait pu commettre un crime pareil, mais mon intuition de flic me guide vers elle...

– Juste une question, reprit Stan qui se sentait toujours un peu perdu. Pourquoi aurait-elle tué Pomme ?

Mme Rose lui tapota la main.

– Eh bien, il faut vraiment tout t'expliquer aujourd'hui. Elle l'a tuée parce que son fils chéri en était amoureux. Elle n'a pas supporté qu'il puisse la quitter pour une autre. Ce n'est pas plus compliqué que ça.

– Il faut quand même être fou, non ?

– Bien sûr !

– J'avais raison d'avoir peur d'elle quand j'étais petite, conclut Lou.

– Tu avais peur d'elle ? s'étonna Mme Rose.

– À cause de ses ongles de sorcière rouge sang !

– Et les preuves ? Vous en avez des preuves ? demanda Stan, un peu agacé.

Non, aucune. Mais Morel déclara qu'elles étaient comme les truffes : il suffisait d'avoir du flair et on finissait par les trouver.

## Commissariat de Port d'Amar

**Lundi 31 octobre, 14 h 03**

Francis Morel avait passé le week-end à chercher une preuve de la culpabilité de Léonie Laroche. Il s'était même rendu en compagnie de Couturier au domicile de Marin Bellec et de sa mère. Les policiers n'avaient rien trouvé, juste une mère et son fils dans une petite maison rangée. Bien sûr, le fils était un peu trop âgé pour habiter avec sa vieille maman, mais la loi ne l'interdisait pas.

Le ciel de Francis s'éclaira lorsque Yannick Couturier lui parla de Loïc Pétrus, le soigneur de serpents qui avait fourni au meurtrier la dose mortelle de venin.

– Je l'ai cuisiné, mais je ne crois vraiment pas qu'il ait vu son commanditaire, expliqua Couturier.

– Il va quand même falloir l'inculper pour vol et complicité involontaire.

– Oui, forcément. Ça va être dur pour sa femme, elle qui vient trois fois par jour prendre de ses nouvelles. Un joli brin de fille entre nous ! C'est sûr qu'elle a tout sous la main pour s'arranger, elle travaille dans un salon de beauté. Tu sais, celui qui est à deux pas du commissariat, *Vénus Beauté*.

– Ah oui, fit Morel distraitement.

Mais soudain, son visage s'illumina.

– Chez *Vénus Beauté* tu dis ?

– Oui, pourquoi ?

– Ce n'est pas là que Mme Laroche va se faire manucurer le vendredi soir ?

– Je crois bien que si.

– Mon vieux, je l'ai trouvée ma truffe !

Le brigadier Couturier sourit, mais il n'était pas sûr d'avoir bien compris.

## Salon Vénus Beauté

**Lundi 31 octobre, 14 h 56**

Annabelle Pétrus était une jolie fille, juste un peu trop maquillée au goût de Morel qui préférait les femmes plus nature. Maintenant que le brigadier lui en parlait, elle se souvenait très bien avoir décrit le travail de son mari à Mme Laroche une quinzaine de jours auparavant. Sa cliente lui avait même posé plein de questions sur les serpents, leur venin, s'il arrivait qu'on en prélève pour le vendre à des laboratoires... Annabelle demanda au policier s'il pensait que le commanditaire était Mme Laroche. Elle avait vraiment du mal à le croire. En tout cas, Loïc était innocent, il fallait que la police se le mette dans la tête. Il avait peut-être vendu un venin qui ne lui appartenait pas, mais il n'avait jamais imaginé qu'on l'utiliserait pour tuer quelqu'un. Son mari était un voleur, pas un criminel.

## Maison de Léonie Laroche

**Lundi 31 octobre, 15 h 30**

Léonie Laroche prit la bouteille de vin rouge cachée sous son évier et colla le goulot à ses lèvres tremblantes. Cela faisait trente ans qu'elle buvait. Elle avait commencé le jour où Édouard Bellec, son mari, était sorti acheter des allumettes et n'était jamais revenu. C'était pourtant la veille de Noël, et Léonie lui avait acheté une écharpe à carreaux cent pour cent cachemire.

Depuis, Léonie Laroche buvait tous les jours pour se remonter le moral, mais en cachette de Marin. Cette fois, cependant, si elle descendait la moitié de la bouteille de Châteauneuf-du-Pape, c'était pour célébrer sa victoire contre l'abominable séductrice. Elle avait sauvé son fils des mailles du filet de la rouquine.

Ah, ces mails gluants que la Daumier avait envoyés à Marin… Quels mauvais souvenirs pour Léonie ! Heureusement qu'elle avait eu la prudence de surveiller la correspondance de son garçon. Elle avait pu découvrir ce que cette fille tramait derrière son dos. La supprimer avait été la seule solution. Si Léonie ne l'avait pas éliminée, elle se serait accrochée comme une sangsue. La mère et le fils n'auraient plus été tranquilles.

Par chance, la fille n'avait pas été difficile à tuer. Elle lui avait ouvert sa porte sans se méfier, peu après le départ du blondinet à lunettes, croyant peut-être que c'était lui qui revenait. D'ailleurs, ce visiteur nocturne était bien la preuve que la Daumier n'avait aucune moralité. Elle n'aurait jamais, mais alors jamais pu convenir à Marin.

En tout cas, une fois sur place, le plan de Léonie s'était déroulé comme elle l'avait prévu. Elle s'était présentée au domicile de Pomme Daumier sous sa véritable identité, en s'excusant de la déranger à une heure aussi tardive. Elle avait prétendu avoir beaucoup hésité à venir, mais il était important qu'elles se parlent de femme à femme. Elle voulait rencontrer celle que son fils aimait tendrement et désirait épouser... et patati et patata, que je t'entortille ! Pomme avait tout gobé. Quelle naïveté !

Saupoudrer sa tisane de deux comprimés de Dormival écrasés avait été un jeu d'enfant. Une demi-heure plus tard, la rouquine dormait comme un bébé. Quand Léonie avait planté la seringue gorgée de venin dans son bras, la Daumier n'avait même pas réagi. La mère de Marin Bellec avait alors pu tranquillement dessiner le serpent sur son épaule, en copiant le motif trouvé dans le dossier du brigadier Morel.

Bien sûr, Léonie avait pris la précaution d'enfiler des gants. On n'est pas secrétaire de police durant trente ans sans connaître l'importance des empreintes digitales. Au fond, elle était fière de son travail. Elle en avait lu des rapports sur des meurtres, et le sien était vraiment un crime parfait. Si quelqu'un était arrêté pour l'assassinat de Pomme, ce ne serait certainement pas elle. C'est le tueur des autres filles qui écoperait. Comme de toute façon, il serait déjà condamné à la perpétuité pour ses trois crimes, on pouvait bien lui en coller un autre sur le dos.

Léonie Laroche balança la bouteille vide dans la poubelle et se laissa choir dans un fauteuil. Elle avait hâte que Marin rentre. Il était temps de lui annoncer qu'elle avait tout organisé pour leurs vacances de Noël. Quand elle lui montrerait le dépliant de la croisière sur le Nil, il lui sauterait dans les bras. Elle n'avait pas lésiné sur le prix, ils voyageraient en première classe. Et comme cadeau, Léonie comptait offrir à son fils l'écharpe à carreaux cent pour cent cachemire qu'elle n'avait pas pu donner à son père. Ce serait leur plus beau Noël à tous les deux.

## Hôtel des Trois Matelots, chambre 23

**Lundi 31 octobre, 16 h 16**

Accroupi près du radiateur de la chambre d'hôtel, Marin Bellec avait l'impression que sa tête allait éclater. Il la tenait serrée entre ses mains pour tenter d'atténuer la douleur. Sa mère était folle. Il était le fils d'une folle ! Il la savait alcoolique, mais il ignorait à quel point sa raison était dérangée. Elle s'était montrée très habile pour dissimuler son état. D'ailleurs, au commissariat, personne ne s'était rendu compte de rien. Comme Marin s'en voulait ! Il aurait dû l'obliger à se faire soigner depuis longtemps. Maintenant, il était trop tard, elle avait commis l'irréparable.

Il avait eu ses premiers doutes en enquêtant secrètement sur la mort de Pomme. Moyennant plusieurs centaines d'euros, il avait réussi à obtenir des informations auprès des ambulanciers qui avaient transporté sa bien-aimée à la morgue. Le mercredi suivant le décès de Pomme, il avait ainsi appris la manière dont elle avait été tuée et la marque que le meurtrier avait laissée sur son épaule.

Marin s'était alors souvenu d'un dossier découvert par hasard dans le tiroir du bureau de sa mère alors qu'il cherchait des ciseaux, environ deux semaines auparavant. La chemise en carton qu'il avait ouverte par mégarde contenait la copie d'un document de plusieurs pages apparemment confidentiel et émanant de la PJ. Il concernait un tueur en série qui utilisait du venin de serpent et dessinait un tatouage de reptile sur ses victimes.

Intrigué et vaguement inquiet, il avait aussitôt recherché le dossier dans les affaires de sa mère, mais celui-ci ne s'y trouvait plus. Le soir même, il avait pris son courage à deux mains pour lui en parler. Il s'était cependant abstenu de lui révéler ce qu'il avait appris sur les circonstances de la mort de Pomme… comme il s'était d'ailleurs toujours gardé d'évoquer la jeune femme.

À sa grande surprise, sa mère s'était fâchée et avait farouchement nié : elle n'avait jamais eu ce document entre les mains ! D'ailleurs, il n'avait pas à fouiner dans ses affaires. Marin n'avait pas insisté, mais il était resté troublé. Pourquoi sa mère lui mentait-elle ? Il ne l'avait pas inventé, ce dossier ! Elle l'avait certainement « emprunté » au commissariat. Rapporter du bureau des papiers confidentiels n'était pourtant pas dans ses habitudes.

Vendredi matin, le surlendemain de la brève mais houleuse discussion qu'ils avaient eue, Marin avait découvert dans la bibliothèque du salon un guide pratique à l'usage des infirmières, qu'il n'avait jamais vu auparavant. Que faisait là cet ouvrage ? Il l'avait feuilleté et s'était aperçu que la page consacrée aux piqûres avait visiblement été consultée : une tache de vin sur le coin supérieur en était la preuve. Seule sa mère avait pu faire l'acquisition de ce guide et le salir. De là à la soupçonner d'être une meurtrière en série, il n'y avait qu'un pas…

Marin commença à penser qu'il délirait. La mort de Pomme l'avait chamboulé, il n'arrivait plus à raisonner correctement. D'ailleurs, pourquoi sa mère aurait-elle voulu tuer la femme qu'il aimait en secret ?

Dimanche soir, tard dans la nuit, alors que Marin relisait pour la énième fois les mails que Pomme lui avait envoyés, il se demanda si sa mère n'avait pas trouvé sa correspondance secrète. Elle n'utilisait jamais son ordinateur, du moins pas en sa présence, mais elle pouvait parfaitement s'être introduite dans sa chambre et avoir fouillé son courrier en son absence.

Oui, plus il y réfléchissait, plus il se disait que c'était le genre d'indiscrétion dont elle était capable. Petit, quand il rentrait de l'école, elle reniflait ses vêtements pour s'assurer qu'il ne sentait pas la cigarette. Non qu'elle le soupçonnât de fumer, mais elle voulait vérifier qu'il n'avait pas traîné au café avec des camarades. Elle ne supportait pas qu'il échappe à son contrôle, même pour de brefs instants.

De fil en aiguille, ou plutôt de soupçon en soupçon, Marin avait eu l'idée de regarder l'historique des pages web de son ordinateur. Il avait ainsi découvert que quelqu'un avait utilisé son PC pour consulter plusieurs sites sur les serpents, et notamment ceux consacrés à l'action des venins. Qui avait fait cela si ce n'est sa propre mère ? Bientôt, la conviction qu'elle avait tué Pomme s'était imposée. Sa mère était-elle vraiment la tueuse en série ?

Il avait cherché sur Internet les dates des deux premiers crimes commis à Lyon et Paris, le 2 et le 12 octobre. Le 2 était un dimanche. Ce jour-là, il s'en souvenait parfaitement, sa mère était avec lui. Elle n'avait donc pas pu tuer Éliane Bombard à Lyon. Et le 12 octobre était un mercredi, elle travaillait au commissariat et n'avait pas pu se rendre à Paris.

Marin avait alors entrevu la vérité. Sa mère n'avait pas tué Éliane ni Véronique, mais seulement Pomme. Et elle avait eu l'idée géniale de se glisser dans la peau d'un tueur en série afin de lui faire endosser la responsabilité du crime. Sa découverte l'horrifia. D'autant qu'il devinait pourquoi sa mère avait assassiné la jeune femme : pour l'éloigner de lui. Sa mère voulait qu'il lui appartienne corps et âme. Sa tête s'était mise à tourner et il s'était écroulé sur le sol de sa chambre, frappé comme par la foudre.

Quand il s'était réveillé, il était cinq heures du matin. Sans même préparer une valise, il avait fait ce qu'il aurait dû faire depuis des années : il était parti. Pour toujours. Il aurait pu monter dans un train et quitter la ville, mais il n'en avait pas la force et s'était donc contenté de prendre une chambre dans le premier hôtel venu.

Il s'y trouvait encore, avec un mal de tête à lui broyer le crâne et une question qui lui vrillait le cerveau : devait-il dénoncer sa mère à la police ? Le dilemme était atroce car, même si elle était un monstre criminel, elle n'en demeurait pas moins la femme qui lui avait donné la vie.

## Maison de Léonie Laroche

**Lundi 31 octobre, 16 h 59**

Pendant que Marin Bellec se débattait avec sa conscience, le lieutenant Leduc avait enfin pris une décision. Après plus d'une heure de discussion, il avait fini par céder à la demande du brigadier Morel qui exigeait la fouille de la maison de Léonie Laroche pour y chercher les preuves permettant de l'inculper pour meurtre. Leduc n'y avait mis qu'une condition : que l'opération soit effectuée en l'absence de son ancienne secrétaire. Si par hasard elle n'était pas coupable, il ne tenait pas à avoir le syndicat des policiers sur le dos. Si elle l'était, il organiserait une fouille dans les règles.

Morel, Couturier et deux autres policiers entreprirent la perquisition. Pendant ce temps, dans le quartier des grands magasins, Lou et Stan surveillaient la mère de Marin, occupée à faire des courses en vue de son prochain voyage en Égypte.

Au cours de la fouille, les policiers mirent la main sur plusieurs bouteilles d'alcool plus ou moins pleines dissimulées un peu partout à travers la maison, dans les placards, derrière des piles de vêtements, dans l'armoire à pharmacie… Francis Morel – qui se souvenait de la déclaration véhémente de Léonie à son pot d'adieu : « jamais d'alcool » – en arriva vite à la conclusion qu'elle souffrait d'un grave problème d'alcoolisme.

Malheureusement, ce n'est pas avec des bouteilles à moitié vides qu'on peut condamner quelqu'un pour assassinat. Or, à part un guide médical à l'usage des infirmières dont la page consacrée aux piqûres était marquée d'une tache de vin, les enquêteurs ne dénichèrent aucune preuve compromettante. C'est alors que Francis eut une idée…

## Commissariat de Port d'Amar

**Mardi 1er novembre, 10 h**

C'était la Toussaint, mais Morel ne comptait pas ses jours fériés, contrairement à son supérieur. Si Leduc n'était pas là, le reste de l'équipe se trouvait fidèle au poste. Couturier ainsi que Lou, Stan et Constantin étaient dans une petite pièce, mitoyenne de celle où le brigadier Morel questionnait Léonie Laroche. Grâce à la vitre sans tain séparant les deux salles et à un système d'écouteur, ils avaient une vue directe et une audition parfaite de l'interrogatoire.

– Madame Laroche, je suis désolé d'avoir à vous l'apprendre, commença Morel, mais votre fils vient d'être arrêté.

– Mon Dieu ! s'écria Léonie. Mais pourquoi ?

– Homicide volontaire !

L'ancienne secrétaire planta ses ongles rouges dans ses cuisses.

– Non, ce n'est pas possible !

– Croyez bien que j'en suis désolé. Il a tué sa petite amie, Pomme Daumier.

– C'est impossible, je vous le répète, c'est impossible !

– Il a avoué.

Léonie se dressa sur sa chaise et, pâle comme la mort, hurla :

– Quoi ???

Francis avait un peu honte de son stratagème. Pour se donner du courage, il pensa à ce que cette femme avait fait à Pomme. Il était absolument sûr qu'elle était coupable.

– Je tenais à vous le dire en personne. Vous comprenez ?

Léonie n'arrivait plus à respirer. Elle avait l'impression d'avoir la tête sous l'eau et que quelqu'un la tirait par les pieds pour l'empêcher de remonter à la surface. Elle pensa à ce dossier que Marin avait trouvé dans le tiroir de son bureau. La photocopie du dossier de la PJ. Son fils avait dû tout deviner. Et pour ne pas qu'elle soit accusée, il s'était dénoncé. Ô Marin, pourquoi as-tu fait ça ? Elle s'écria, sortant brutalement la tête hors de l'eau :

– C'est faux, il ne l'a pas tuée ! Il a raconté ça pour me protéger. C'est moi qui ai tué Pomme Daumier. Moi et moi seule !

– Vous êtes prête à signer une déposition ?

– Oui !

Derrière la vitre sans tain, Lou sentit son cœur se serrer. Léonie Laroche était un monstre, mais elle aimait son fils plus qu'elle-même. Seulement, elle s'était lourdement trompée en croyant qu'elle le garderait si elle l'empêchait de partir.

L'adolescente se tourna vers Stan, Constantin et Yannick Couturier. Ils avaient tous les trois les bras croisés sur la poitrine et l'air ému, eux aussi.

– Léonie va sûrement être condamnée à perpétuité, décréta le policier. Tout ça parce qu'elle avait peur que son fils la quitte. Il faut qu'elle soit bien folle. Dire qu'on a passé tout ce temps à côté d'elle sans même s'en rendre compte…

– C'est vrai, approuva Constantin, désolé.

## Épilogue

Lou traînait dans la cuisine sans savoir quoi faire. Après avoir dépensé tant d'énergie pour démasquer la Vipère, elle avait un peu le blues. C'était le contrecoup, comme toujours. On sonna à la porte de la Maison Jaune. Elle alla ouvrir, c'était son ami.

– Salut Stan !

– Génial, je suis de nouveau Stan, plaisanta l'adolescent. Qu'est-ce que tu fais ?

– Rien, je m'ennuie.

– Ça te dirait d'aller prendre le petit déjeuner sur le port ?

– Avec des gaufres ?

– Et une montagne de chantilly !

Il y avait du monde sur le port. Les gens allaient et venaient, heureux du retour du soleil. Lou et Stan s'installèrent à la terrasse du *Bar des Marins* et commandèrent un monstrueux petit déjeuner. À la table voisine, un homme lisait le *Fil d'Amar.* Le regard de Lou glissa sur le gros titre de Une : *Arrestation du tueur en série et de son faussaire.*

– Regarde ça, Stan !

– Je chais, ch'ai déjà lu, fit-il la bouche pleine.

– Et alors ?

– L'assassin avait l'intention de tuer encore neuf femmes, soit douze en tout, expliqua Stan en avalant sa dernière bouchée.

– Comme les douze travaux d'Hercule ?

– Non, comme les douze lettres de sa vengeance.

La fourchette de Lou s'arrêta à quelques centimètres de sa bouche. Elle attendait la suite.

– Sa première victime s'appelait Éliane, la deuxième Véronique, la troisième Éloïse, reprit Stan. Mises bout à bout, les initiales de leurs prénoms...

– ... forment « Ève », le coupa Lou.

– Tu l'avais déjà remarqué ?

– Oui mais continue, ça m'intéresse.

– Il avait déjà choisi ses neuf autres victimes, toutes en fonction de leur prénom. On a trouvé la liste dans son appartement.

Stan se tourna vers leur voisin et le pria de leur prêter le *Fil d'Amar* une petite minute.

– Dorothée, Odile, Isabelle, Talia, Pascale, Amandine, Yolande, Erika, Rosalie, lut l'adolescent.

Penchée sur son épaule, Lou recomposa la phrase :

– D.O.I.T.P.A.Y.E.R : « Ève doit payer » ! J'hallucine ! Mme Rose avait raison, c'est un vrai maniaque misogyne.

– Dans l'article, on explique qu'il s'est servi du serpent pour punir les femmes. Il voulait retourner contre elles l'arme originelle. Cinglé de chez cinglé. Et devine comment s'appelle le type ?

– Adam ? proposa Lou.

– En plein dans le mille !

– J'espère qu'en sortant de prison, il ne demandera pas à Mme Rose de le soigner. Je ne veux pas de ça dans le cabanon du jardin, s'exclama Lou en mordant dans une nouvelle gaufre.

La corne de brume d'un paquebot résonna dans le port. Le *Soleil Levant* s'apprêtait à prendre la mer pour une destination lointaine. À son bord se trouvaient deux jeunes hommes qui avaient l'un et l'autre décidé de prendre un nouveau départ dans la vie. Ils avaient un certain nombre de points communs, et notamment une jeune femme qu'ils avaient tous les deux aimée, chacun à leur manière.

Le son plus lointain d'une autre corne de brume se fit entendre. *L'Intrépide* rentrait au bercail après une croisière de quinze jours le long des côtes d'Espagne. À son bord, Véra et Jacques Kerval, heureux de retrouver les leurs et cette bonne petite ville de Port d'Amar où, comme chacun sait, il ne se passe jamais rien.

## Retrouvez nos trois détectives du Samovar dans :

### Meurtre au Majestic

Raoul Vauthier, un archéologue arrogant arrivé depuis peu à Port d'Amar pour y donner une conférence, est découvert sans vie dans le bar de l'hôtel *Majestic.* Mort accidentelle ou assassinat ? Une des sept personnes présentes dans la salle à l'heure du crime avait-elle intérêt à faire disparaître Vauthier ? Les trois détectives du *Samovar* enquêtent...

### Eaux mortelles

Le tout récent centre de recherches sur la vie sous-marine de la pointe du Perroquet est en deuil : sa fondatrice, la richissime Félicité Stapelton, a perdu la vie lors d'une sortie en mer. Une fausse manœuvre de navigation serait à l'origine du drame... Pourtant, dans l'esprit des enquêteurs du *Samovar* le doute subsiste : et si Félicité avait été assassinée...

**L'Affaire Cornelius**

Barbara Cornelius, une comédienne à la retraite, rêve de remonter sur les planches. À l'occasion de ses 80 ans, toute sa famille décide de jouer *L'Albatros*, une pièce où elle tient le premier rôle, celui d'une femme qui se suicide au dernier acte. Pendant une répétition de la scène finale, l'actrice s'effondre... et elle ne joue pas la comédie ! Les enquêteurs du *Samovar* ont tout vu...

**Porté disparu**

Les vacances qui débutent s'annoncent... explosives : Lou, Stan et Constantin, les trois détectives du *Samovar*, sont sur la piste d'une nouvelle enquête. Un journaliste a disparu : fugue, enlèvement, assassinat ? Les indices sont minces, mais il faut agir vite et tout en finesse, la vie de l'homme en dépend peut-être...

**Trompe-l'œil**

Incroyable : un tableau sans valeur et peint par un illustre inconnu a été volé dans la villa de Fanny Fink, une célèbre chanteuse de rock ! Est-ce une erreur ? Une mauvaise plaisanterie ? Le méfait d'un fan ? Il y a là de quoi dérouter les meilleurs détectives. Mais pas les enquêteurs du *Samovar*...

**Le cri du rubis**

Lou, Stan et Constantin embarquent sur le *Princesse Georgia* pour une paisible croisière. Mais un drame éclate : un homme vole un collier de grand prix, tente de s'enfuir et tombe à la mer... avec le bijou ! Cet accident entraîne une série de mensonges, dissimulations, escroqueries... que nos enquêteurs auront bien du mal à déjouer.

Direction éditoriale : Christophe Savouré
Direction artistique : Laurent Quellet


Dépôt légal : février 2006
ISBN 10 : 2-215-05384.4
ISBN 13 : 978-2-215-05384.4
Composition : Tournai Graphic
Achevé d'imprimer en janvier 2006 par Legoprint en Italie
N° d'édition : 93759
Loi n° 49-956 du 16 juillet 1949 sur les publications destinées à la jeunesse.